科警研のホームズ

喜多喜久

宝島社
文庫

宝島社

目次

プロローグ 7
第一話 残光のメッセージ 11
第二話 楽園へのナビゲーター 89
第三話 惜別のロマンチシズム 159
第四話 伝播するエクスタシー 231

科警研のホームズ

プロローグ

出雲俊明は廊下をひたすらに進んでいた。廊下の左右に並ぶ、実験室のドアが次々と背後に流れ去っていく。すれ違う白衣姿の職員たちはみな、怪訝な表情で出雲を見ていたが、そんなものはまるで気にならなかった。

やがて出雲は廊下の突き当たりにある、男性用更衣室の前で足を止めた。

出雲がドアレバーに手を伸ばしたところでドアが開き、探していた男が――土屋が廊下に出てきた。

「あれ、出雲さん。どうされましたか」

土屋は目を見開き、心底不思議そうに言う。

「どうもこうもない。本当に辞めるのか、科警研を」

「ええ、まあ。ちょうどロッカーの片付けが済んだところです。午後に挨拶回りをして、それで終わりです」

「なぜ辞める必要がある？　確かに君はミスをしたし、謹慎処分も受けた。だが、それは取り返しのつかないレベルの失敗ではない。今まで通り、真摯に業務をこなしていればすぐにリカバーできる。そうすれば昇進だって……」

「いやまあ、それはそうなんでしょうけど」と土屋はぼさぼさの頭を掻いた。「戻ってきてくれって頼まれましたからね」

「恩師への義理があるのは分かる。しかし、それに縛られて自分のキャリアを捨てることはないだろう」

「違いますよ、出雲さん」土屋はそこで小さく笑った。「義理じゃなくて、研究に興味を持ったから大学に戻るんです。やってみたいからやるだけですよ」

ちょっとコンビニで飲み物を買ってきます、とでも告げるように、土屋は淡々とそう語った。ただ、語り口は穏やかでも、その目には確かに好奇心の光が宿っていた。

迷宮入り寸前の難事件を前にしても臆することなく、興味の赴くままに証拠品の分析を行い、最終的に真相にたどり着く。それが土屋の持ち味であり、その洞察力や閃きは明らかに常人の域を超えていた。だからこそ、彼は「科警研のホームズ」と呼ばれるようになったのだった。

出雲は唇を嚙み、右の拳を腰の脇で強く握った。

「……君を止める権限は私にはない。だが、約束しよう。いつか必ず、君を科警研に復帰させてみせると」

「そんな、別に無理に呼び戻してもらわなくて大丈夫ですよ。俺はたぶん、大学の研究も充分に楽しめると思うんで。何の不満もないですよ」

土屋は強がりを言っているわけではない。科警研にいようが大学の研究室にいようが、自分が興味を持てる対象だけをただまっすぐに追い続けるだろう。情熱を傾ける対象が犯罪である必然性はないのだ。

「だからこそだ」と出雲は言葉に力を込めた。強引にでも連れ戻さなければ、土屋は決してこちらを振り向きはしない。

急がねばならない、と出雲は感じていた。

一日も早く、科警研のトップに立ち、土屋を復帰させるための準備を始めなければならない。土屋が完全に大学の研究に魅了されてしまう前に。

「向こうで頑張れ、などと言うつもりはない」そう言って、出雲は右手を差し出した。

「またここで一緒に仕事をしよう。その約束のための握手だ」

「約束はできませんが、それでもよければ」

土屋がゆっくりと手を持ち上げる。我慢しきれず、出雲はその手を取った。

「私には確信がある。君は絶対に科警研に必要な人材だ。『真相を解析する』その能力を手放すべきではない。いずれ、君を必ずカムバックさせてみせる」

「はは、なんだか怖いですね。どうぞお手柔らかに」

土屋は苦笑し、出雲の手を柔らかく握り返した。

第一話　残光のメッセージ

1

女神のブロンズ像を右手に握り締めたまま、豊原憲吾（とよはらけんご）は荒い呼吸を繰り返していた。

床の上に、大岩英治（おおいわえいじ）が倒れ伏している。その後頭部からは、どんな絵の具でも表現できない、毒々しい赤がどくどくと流れ出ていた。

そこで豊原は、大岩がキャンバスに顔を埋めていることに気づいた。もつれ合った際に絵が机の上から落ち、そこに倒れ込んだらしい。

豊原はブロンズ像を放り出し、慌ててその場に屈（かが）んだ。両手で押して大岩の体を転がし、顔の下にあったキャンバスを取り上げる。

「ああ……」

思わずうめき声が漏れた。彼女の――すみれの絵が、大岩の血で赤く汚されてしまっていた。

豊原は洗面所に向かい、新品のハンドタオルを持って応接室に戻った。

絵についた血を拭い取り、大きく息を吐き出したところで、床に投げ出された足が目に入った。

立ち上がり、大岩の体に近づく。贅肉（ぜいにく）に包まれた体に、風船のように盛り上がった腹。短い手足はだらりと伸びきっている。さっき豊原がひっくり返した時とまったく姿勢が変わっていない。仰向けになったまま、両目をかっと見開いて天井を凝視している。

のろのろと腰を落とし、大岩の首元に手を伸ばす。たるんだ皮膚に触れ、頸動脈を探し当てた。脈拍は完全に止まっていた。

人を殺してしまった――。

その事実が唐突に胸に迫り、体がすくみそうになる。

豊原は二、三度首を振ると、床に置いてあった、薄っすらと赤い汚れの残るキャンバスを手に取った。

青空を背景に、色とりどりの花の中に白い一軒家が建っている。ありふれた、しかし幻想的な風景を描いた油彩画だ。

「この絵には、君にとって大変重要な秘密が隠されているんだ」

大岩はつい十数分前に厭らしい顔でそう言った。大岩は人を人とも思わない最低の男だが、金儲けに関しては真剣だった。無意味なブラフを仕掛けるとは思えない。その言葉は真実なのだと判断するしかなかった。

豊原は絵を売ってほしいと頼んだ。相手がとんでもない金額を吹っ掛けてくるのは分かり切っていた。だから、時間はかかっても代金を用意すると、頭を床に付けて頼み込んだ。

大岩の返答は、思いがけないものだった。贋作への協力――それが、提示された条件だった。目利きのできない素人を騙して金を巻き上げる。そうやって自分はひと財産を築いたのだと、大岩は得意げに語った。

売れていないとはいえ、絵描きとしてのプライドはある。そんな悪事には関われないと断ると、大岩はこう言い放った。

「あっそう。じゃあ、君の恋人の絵は焼き捨てるよ」

その一言が、豊原の理性を吹き飛ばした。豊原が我に返った時には、大岩は今の姿勢になっていた。申し訳ないとは思わなかった。むしろ、誰かがやるべきことを代わりにやったのだという誇らしささえあった。

だが、それで殺人という罪が赦されるわけではない。自分はこの危機から逃げなければならない。どんな手を使っても逃げ切って、そして、じっくりこの絵と向き合わねばならない。

彼女が遺した秘密を明らかにするために――。

2

二〇一八年四月九日、午前十時五十分。

北上純也は丸ノ内線の本郷三丁目駅の改札を抜け、辺りを見回した。

空はどこまでも晴れ渡り、眩しい陽光が道行く人々へと降り注いでいる。

ずいぶん暖かいな、と思う。札幌から東京へと引っ越してきて、今日でまだ三日目だ。札幌ではこの時期、日中でも気温が一〇℃を超えることはない。一方、東京では今日は二〇℃近くまで気温が上がるという。上京したというより、二カ月ほど先の世界にタイムスリップしてきたような気分だった。

それにしても、人が多い。通勤・通学のピークの時間帯は過ぎているはずなのに、ぞろぞろとひっきりなしに駅から人が出てくる。大通りに出る細い道は、まるで屋台が並ぶ縁日の参道のような有様だ。

今はまだ違和感しかないが、これからこの街で働くのだ。早くこの環境に慣れなければ。そう自分を鼓舞し、購入したばかりのスマートフォンを取り出した。

駅からの距離はわずかだが、地図アプリを起動し、念入りに目的地までの道筋を確認する。東京都文京区、本郷四丁目二の七。そこに、北上の新しい勤務先となる、科学警察研究所・本郷分室がある。

ざっとネクタイを整えてから、北上は歩き出した。

細い路地を出ると、本郷通りと呼ばれる片側二車線の通りに出る。歩道を左方面に進むこと一分足らず。春日(かすが)通りと交わる交差点に出た。

そこでちょうど信号が青になる。横断歩道を渡った先の交番の手前で左に曲がり、春日通り沿いに歩くこと数十秒。カレーショップと牛丼屋に挟まれた、七階建ての細長いビルの前で北上は足を止めた。

「……ここで合ってる……よな？」

アプリを確認すると、地図上のマーカーは間違いなくこの地点を指し示していた。ずいぶんイメージと違うな、と北上は首を傾(かし)げた。

科学警察研究所——通称、科警研は警察庁の附属機関だ。百人を超える研究員を擁しており、その本拠は千葉県の柏(かしわ)市に存在する。

各都道府県の警察本部に置かれている科学捜査研究所——科捜研との最大の違いは、科学捜査に関する研究を行っているか否かにある。科捜研と同じように、事件の証拠品の分析を手掛けることもあるが、主たる業務は捜査の手法や犯罪予防などの研究活動だ。警察を食品会社に喩(たと)えるなら、科捜研は各地にある工場、科警研はその商品開発を行う研究所、という風になるだろう。

このように、科警研は捜査の基礎を作る重要な役割を果たしている。それを考えると、分室とはいえ、これではあまりに狭すぎるのではないかという気がした。

ひょっとして、アプリの目的地の設定ミスだろうか？　不安を覚え、確認のためにビルの中へと駆け込む。入ってすぐのところに郵便受けが並んでいる。順に見ていくと、四階のところに〈科学警察研究所・本郷分室〉の表記があった。やはりここで間違いないようだ。

　間口は狭く感じられたが、こう見えて中は意外と広いのかもしれない。北上は気を取り直し、エレベーターで四階へと向かった。

　五人も乗れば重量オーバーになりそうな狭いエレベーターを降りると、五メートルほどの短い廊下があり、左右に二つずつ部屋が並んでいた。

　その左奥の部屋の前に、若い男女が佇んでいる。

　男性の方は耳が隠れるほど髪が長く、すらりとした体躯と細身の黒のスーツがよく似合っている。身長は一八〇センチそこそこか。やや目尻が下がり気味で、眉は綺麗に整えられていた。

　女性の方はブラウンのショートボブで、グレーのパンツスーツに身を包んでいる。身長は一六五センチ前後。整った顔つきの中でも、くっきりした二重の目が特に印象的だった。

北上に気づき、二人がこちらに目を向ける。その視線を正面から受けながら、北上は彼らの元へと近づいていった。

「もしかして、科警研の方ですか」

緊張と共に尋ねると、「そうとも言えるし、そうじゃないとも言える」と男性が言った。

「え？　どういうことですか？」

「たぶん、そっちと同じだよ。俺も彼女も今日からここで働く研修生だ。俺は伊達洋平（だてようへい）。埼玉県警からの出向だ」

「兵庫県警から来ました。安岡愛美（やすおかあいみ）です！」

彼女の威勢のいい挨拶に若干気圧（けお）されながら、「……あの、どうも。北海道警の北上純也です」と名乗り、北上は廊下の前後を見回した。

「それで、お二人はここで何を？」

「ドアが開かないんだよ。事前に教えられた番号に電話をしても応答がないしさ。誰もいないみたいなんだ」

そう言って伊達が軽くノックしたドアには、〈科学警察研究所・本郷分室〉と印字されたプレートが貼ってあった。

「まだ約束の時間ではないからじゃないでしょうか。メールで指示された時間は、午前十一時でした」

腕時計で時刻を確認すると、十時五十八分だった。

「早く来た方がいいだろうと思って、俺なんか九時半からここで待ってるんだぜ」と伊達が肩をすくめる。

「私は二十分前に来ました」と、愛美が付け加えた。新しい職場に高揚しているのか、彼女の声は弾んで聞こえた。「伊達さんとはもういろいろ話したんで、北上さんのことを教えてくださいよ。専門分野は何ですか？」

「あ、えっと、僕は現場で鑑識が見つけた証拠物を化学的に鑑定し、事件の解決に繫げるような仕事に携わっていました」

「なるほど、『化学屋』ってやつだな」と伊達が頷く。「俺の専門はデータ処理だ。防犯カメラの映像解析や、犯罪に使われたスマホ、ＰＣの解析もやってる。ただ、本当にやりたいのはデータからの犯罪予防策の立案なんだ。大学院でその手の研究をやってたから、それなりに自信はあるぜ」

「伊達さんにはもう説明しましたけど、私は生物系です」と、愛美が間髪をいれずに口を開く。「大学、大学院では分子生物学を専攻していました。兵庫県警の科捜研では主に、血液型検査やＤＮＡ鑑定の業務に従事していました」

「そうですか。三人ともバラバラですね」

「みたいだな。ところであんた、歳は？」

「二十六歳です。十一月で二十七になります」と北上は答えた。

「じゃあ、私と同い年だね」と愛美が嬉しそうに言う。口調も最前より若干砕けたものになっていた。対応が早い。「伊達さんは二つ上だよ」

「あ、そうなんですか。じゃあ、他の方もだいたい同年代って感じでしょうね」

「他にはいない」と伊達が首を振る。「研修生は俺たち三人だけだ」

「え、僕たちだけなんですか？」

「ねえ、驚くよね！」と愛美が一層声を大きくする。「その話を伊達さんに聞いて、びっくりしちゃって」

「何も知らないんだな、北上も。そもそも、ここの職員は室長一人だけだぜ。俺たちが最初の部下って話だ」

「……完全に初耳です」

北上は眉根を寄せた。

「マジか。北上は今回の人事についてどこまで知ってんだ？」

「どこまでと言われても……。道警の上司からは、『科警研の分室で半年間の研修を受けろ』としか言われてません。技術を磨き、自信を付けてこいとだけ……」

北上はそう説明した。できれば断りたかったが、上司の強引な説得に抵抗しきれず、仕方なく研修を受け入れたことは黙っておいた。

「そりゃ説明不足もいいところだな。安岡はどうだ？」

「いやー、期待を裏切るようで申し訳ないですけど、私も似たようなものなんですよ」と腕を組みながら愛美が言う。「向こうにいた時に、科警研の特別研修の話を聞いて、面白そうだなと思って参加を志望したんです」

「研修先での業務内容を確認しなかったのか？」

「行った先で説明があるから、ってウチの上司は言ってました。たぶん、上司も何も知らされてなかったんじゃないですかね」

「よくもまあ、それだけ無防備になれるなって感心するよ」呆れたようにため息をつき、伊達は北上と愛美を順に見た。「いいか。これは単なる研修じゃないぜ、おそらくな」

「へ？　どういう意味ですか？」

ぽかんと口を開け、愛美が尋ねる。

「科警研へヘッドハンティングする者を決めるための選考だろうと俺は読んでるね。科警研では、人事交流って名目で科捜研から定期的に人員を受け入れてるんだ。もちろん、優秀な人材を向こうは求めてる。だから、出向希望者の中から使える若手を選ぶ場として、分室での研修っていうシステムが始まったんだよ」

「そうなんですかねぇ」と愛美は首を傾げた。「科警研に行きたいなんて一度も言ったことないですよ、私」

「あの、僕も同じです」と北上は付け加えた。

「希望しなくても上司に推薦されるくらい有能ってことじゃないのか」

「それはまあ、若手っていう条件があれば、ありえなくはないですかね」まんざらでもなさそうに言い、愛美は北上に視線を向けた。「北上くんは？」

「いや……どうですかね……」

自分なりに仕事は頑張ってきたが、部署の中で特別高い評価を受けたことはない。ミスのない堅実な結果を出すが、あえて表彰するほどではない。客観的に自分の仕事ぶりを評価するなら、きっとそうなるだろう。

「まあ、二人がどう考えてようが関係ないな。俺は科警研入りへの近道だと思って、今回の研修を志望したんだ。だから、安岡と北上はライバルってことになる」

「えー、やめてくださいよ、妨害とか嫌がらせとか」

眉間にしわを寄せた愛美の肩を、「しないっての」と伊達が軽く小突く。「正々堂々と勝負して、科警研行きの切符を摑むからさ」

「ずいぶん自信があるみたいですね」

「まあな。じゃなきゃ、競争には勝てない。出世は人生の醍醐味だぜ」

伊達が白い歯を見せた時、チン、と音を立ててエレベーターの扉が開いた。反射的にそちらに目を向ける。

エレベーターのかごから、一人の男性が出てきた。薄手の黒の丸首セーターに、カーキ色のチノパン、足元は素足にサンダルというラフな格好だ。痩せ型で、足首は頼りないくらいにほっそりしている。身長は一七五センチ前後、年齢は三十代半ばだろう。髪は暴風に巻き込まれたかのようにぼさぼさで、櫛だけでは直せそうにない、はっきりした寝癖がついていた。

うつむいて歩いていた男性が、ふと顔を上げる。薄い眉に一重まぶたの眠そうな目。顎にはうっすらと無精ひげが生えていて、半開きの唇と相まって、だらしない印象を作り出していた。

男性は北上たちを見回し、「君らが研修生か」と首元をぽりぽりと指で掻いた。

「はっ、埼玉県警刑事部、科学捜査研究所より参りました、伊達と申します！」

伊達が背筋を伸ばし、ハキハキした声で名乗った。

続けざまに愛美が、「兵庫県警の科捜研から来た、安岡です」と廊下中に響き渡る声で言う。

「あ、えっと、僕は……」

北上も挨拶しようとしたが、「周りに迷惑になるな。部屋で話をするから、とにかく入ろう」と止められてしまった。

男性はポケットから取り出した鍵で分室のドアを開錠し、振り返りもせずに中へと入っていった。

部屋は二十平米ほどの広さで、若干左右に長い。正面中央に、窓を背にする格好で事務机が一台置かれている。事務机は他に、左手に一台、それから廊下側に二台あり、それらはどれも壁に接する場所に設置されていた。部屋の右手には大型のコピー機とワンドアの小さな冷蔵庫があり、その向こうにロッカーが四台並んでいる。必要最小限のものが配置された事務室、という印象を北上は受けた。

「えーっと、分室の室長？　だったかな。土屋だ。俺の席はここだそうだ」土屋が奥の窓際の席に座った。「あとは空いているから、適当に選んでくれるか」

「では、自分はここにします」

伊達が素早く、左側の席に荷物を置く。愛美は廊下側の、部屋の隅に近い席を選んだ。一歩出遅れた北上は結局、入口の真横の席になった。

とりあえず荷物を置き、北上は土屋の前に立った。

「あの……北海道警察の北上と申します」

「あー、うん。ただ、俺、顔とか名前を覚えるのが苦手なんだよな。すぐに忘れると思うから、必要な時にまた訊く。気を悪くしないでくれ」

「……はい。分かりました」

そんなやり取りをしていると、伊達と愛美もやってきた。

土屋はのそりと立ち上がってポケットからメモを取り出した。

「説明をしろと言われたから、読み上げるぞ。『研修の勤務形態はフレックスで、残業代は出ませんが手当が付きます。勤務時間中、この部屋にいる義務はありません。必要に応じて自由に外出してもらって構いません。労務管理は自主性に任せます。前週の出勤と退勤時刻を記載したリストを毎週月曜日に提出してださい』。えーっと、うん、説明はこれで終わりだな。じゃ、そういうことで」

土屋はそう言うと、席を離れて出入口へと向かおうとする。

「あの、室長」と伊達がその背中に声を掛けた。「就労については把握できました。ただ、業務内容についての説明がなかったように思うのですが……」

「もらったメモには何も書いてなくてな。俺もよく分かってないんだ、この分室がどういうものなのか」と土屋が頭を掻く。

「分かっていない……？」

「説明されたのが昨日で、今日、初めて足を運んだくらいだからな。まあ、そのうち誰かから何か連絡があるんじゃないか」

土屋は信じられないことを平然と言い、ドアを開けて部屋を出ていってしまった。

しばし、三人の間に沈黙が流れる。

「……どうなってるんでしょう、これ」

呆然と愛美が呟く。

「俺が知るわけないだろ」

「ヘッドハンティングがどうとか言ってたじゃないですか。それに、分室のことも知ってるみたいだったし」

「俺の持ってる情報はあれで全部だ。牽制のつもりで、あんな風に言ったんだ」

「なーんだ。じゃ、自分を大きく見せようとしてただけですか」

「うるさいな。とにかく、上司に確認を取ってみる。二人も自分の上司に連絡してみてくれ」

険しい表情で言い、スマートフォン片手に伊達が部屋を飛び出していく。

「それしかないか……まったく、なんなのもう」

ぶつぶつと文句を言いながら、愛美が机の上の電話機に手を伸ばす。

二人が動き始めたのを見て、ようやく北上は事態を把握した。

ひょっとすると、とんでもないところに来てしまったのでは……。

北上は不安を感じながら、自分の席の受話器を持ち上げた。

3

翌日。午前八時五十五分に科警研分室に顔を出すと、そこにはすでに愛美の姿があった。自分の席でスマートフォンの画面を見つめている。

「あ、おはよう、北上くん」

「……うん、おはよう。伊達さんは……」

「先に来てたよ」と愛美が斜め後ろの席を指す。そこには確かに、伊達が使っている、ラクダ色のビジネスバッグが置いてあった。「五分前くらいに、電話をしてくるって出ていったけど」

「ああ、そうなんだ。じゃあ待ってようか……」

昨日の夜、自宅で休んでいるとLINEに伊達からメッセージが届いた。伊達の提案で作った、三人のグループトークページへのメッセージだった。

〈作戦会議をしたい。明日の朝、午前九時に分室に集合〉

伊達はそう提案してきた。メッセージが届いた五秒後に、愛美は〈了解です！〉と返事をした。二人が集まるなら自分も……ということで、北上は流されるままに〈分かりました〉と打ち込んだのだった。

自分の席に座り、スマートフォンをチェックする。伊達からの新着メッセージは届いていなかった。

北上はため息をつき、机の上を見回した。

中央に、新しく貸与されたノートパソコンとマウス。右側に、筆記用具を収めた筆立て。左手にスティックのりや定規、セロハンテープを入れた箱とティッシュ箱。正面上の本立てには有機化学や無機化学の専門書が並んでいる。たっぷり時間をかけて整頓した机は、もういじりようがないほどに整っていた。

その様子を見ていると、自然と昨日のことが思い出された。

土屋が去った直後、道警の科捜研の上司に連絡を取ったが、「こちらでは何も聞いていない」という話だった。上司が受け取った研修生の募集に関する書類には、「最先端の科学技術に触れ、また、実際の犯罪捜査に協力することで研鑽(けんさん)を積み、科捜研の将来を担う人材を育成する」という風に書かれていたという。東京できちんとした研修が行われると信じ切っていたようだった。

伊達や愛美もそれぞれ情報収集に努めていたが、結果は似たようなものだった。やはり、誰も研修の詳細な内容を把握していないことが分かっただけだった。

明らかにこれは奇妙な状況だったが、想像を膨らませてもどうにもならない。北上は思考を断ち切り、机の引き出しに入れてあった学術論文の束を取り出した。道警を離れる前に印刷しておいた、最先端の有機化学反応に関するものだ。

「ねえ、ちょっといい？」

ふいに、近い距離から呼び掛けられた。見ると、愛美が椅子ごとそばまでやってきていた。

「あ、な、何かな」

「今の状況、北上くんはどう思う？」

「どうって言われても……よく分からないとしか言いようがないけど」

「だよね。だから私、昨日の夕方に上司に頼んで、科警研に問い合わせてもらったんだ。研修の件、どうなってるんですかって」

「科警研に？」

「科警研のことは、科警研に訊くのが一番でしょ。今はその回答待ち。なーんか、対応が遅いんだよね。っていうか、あの土屋って人、なんなんやろ。室長だって自己紹介してたのに、この分室のことを何も把握できてないみたいだったし、ろくに説明もせずに帰っちゃうし、そもそもやる気もなさそうやったし。マジで意味分からん」

微妙に関西弁を交えながら早口に言い、愛美はじっと北上の顔を見つめた。その遠慮のなさに戸惑いつつ、「えっと、何か？」と北上は目を逸らした。

「昨日から思ってたけど、やけに落ち着いてるよね、北上くん」

「……そうかな」

「自覚はない？　こんな意味不明の状況なのに、全然動揺してる感じがないよ。私や伊達さんはあちこちに連絡しまくってて忙しかったのに、北上くんは冷静に荷物の整理をしてたじゃない。それに、午後三時くらいにあっさり帰っちゃうし。伊達さんは『あいつ、やる気ないな』って愚痴ってたけど、私は違う印象を持ったよ」

愛美はそこでぐっと身を乗り出した。ふわりと、シャンプーのミルキーな香りが北上の鼻に届いた。

「違う印象って……？」

「ひょっとして、今回の研修を仕掛ける側なんじゃない？　だから冷静でいられるんでしょ」

「いや、まさかまさか」と北上は慌てて手を振った。「僕はごく普通の科捜研職員だよ。疑うなら、道警に連絡してもらってもいいよ」

「もう確認したよ。確かに北上っていう人はいた。でも、そのことは君が仕掛け人側じゃないって証明にはならないよ。誰かに頼まれて私たちを見張ってるって可能性は充分に考えられる」

「いや、考えすぎだよ」と北上は突っ込みを入れた。想像力豊かというか、いささか妄想を膨らませすぎではないだろうか。

「じゃあ、なんで昨日から全然慌ててないの？　今だって、落ち着いて論文なんか読んでるし。自分の置かれている状況を把握できなくても平気なの？」

「平気ってことはないけど、ジタバタしても仕方ないかなって……。今の自分にできることは、仕事に使えそうな化学の知識を増やすことくらいだから」

そう答えて、北上は顔を背けた。

半分は本音だったが、一番言いたかったことは言わずにおいた。二人ほど慌てていないのは、抗うのが面倒だからだ。流れに逆らうより、じっと時が経つのを待つ方がずっと消費エネルギーは少なくて済む。ただそれだけのことだ。

自分が力を注ぐべきフィールドは科学の世界だ。それと無縁の場所で、必要以上の努力をするつもりはなかった。

と、そこでドアが開き、伊達が部屋に入ってきた。

「お、北上も来てるな。じゃ、さっそく作戦会議と行くか」

伊達に促され、北上と愛美は椅子を動かして三人で車座になった。時計を見ると、時刻は午前九時五分になっていた。

「午前九時からスタートじゃなかったんですか」

愛美の指摘に、「いいだろ五分くらい。細かいやつだな」と伊達が缶コーヒーのプルタブを持ち上げる。「あちこちに電話をしてたら遅れたんだよ」

「へえ、どこに電話を？」

「警視庁の知り合いにちょっとな。土屋さんについての情報収集だ」

「は？　なんでですか。あの人より、まずは分室のことを調べないと」

「それもやってるよ。とにかく、こっちの知っていることは全部話すから、お互いに隠し事は無しで行こうぜ。なあ、北上」

　そう言って、伊達が意味ありげな視線を向けてくる。どうやら伊達も、北上が事情を知っていると邪推しているらしい。

「隠すようなことは何もないです」と北上は言った。

「そっか。で、室長のことなんだけどな。あの人は、科警研の人間じゃない」

「はぁ!?」と愛美が椅子から立ち上がった。「どういうことですか、それ！　なんで部外者が分室の室長になってるんですか！」

「落ち着けよ。これから説明するって。あの人は今、東啓大学の理学部の准教授をやってる。東啓大のことは知ってるよな」

「もちろんです。国立大学の中でも屈指の名門ですし」

　愛美に続き、「ここから歩いて五分くらいのところですよね」と北上もコメントをした。東啓大の名を論文で目にする機会は多い。予算、実績共にナンバーワンの大学だ。

「そう、その東啓大だ。土屋さんはそこの研究室のスタッフになるまでは、科警研にいたんだ。しかも、只者（ただもの）じゃないぜ。なにせ、三十二歳の若さで化学第一研究室の室長になったエリートだったんだから」

「ええっ⁉」

愛美の大声に掻き消されたが、北上も思わず声を出してしまった。

科警研には法科第一～第四部、犯罪行動科学部、交通科学部の六部門があり、各部にいくつかの研究室がある。ちょうど、大学の学部にそれぞれ研究室が紐（ひも）づけられているのと同じ構造だ。研究室の室長といえば、大学でいう教授クラスの実績が必要になる管理職だ。三十二歳というのは明らかに若い。

「かつての室長は、犯罪捜査に関して相当な成果を挙げていたみたいだ。犯罪捜査の手法開発に尽力したのはもちろん、未解決事件の捜査にも積極的に協力し、犯人特定にかなりの貢献をしてたらしい。鋭い洞察力と推理の切れ味から、警察関係者からは『科警研のホームズ』なんて呼ばれ方をしてたんだとさ」

ホームズというのはもちろん、アーサー・コナン・ドイルが作り出した名探偵、シャーロック・ホームズにちなんでいるのだろう。そんな大げさなあだ名が成立するほど、土屋の活躍は超人的だったらしい。

「そんなすごい人が、どうして科警研を辞めて大学に行っちゃったんですか。っていうか、大学にいるのに分室の室長ってどういうことですか」

　愛美が伊達に詰め寄る。伊達は首を振り、「悪いが、分かっているのはここまでだ」と嘆息した。「いろいろ調べてはいるんだが、分室のことを知っている人間がそもそもほとんどいないんだ。対外的な発表もないみたいだしな」

「何か、事情を伏せなきゃいけない理由があるんでしょうか」

　北上の呟きに、「だから分からんっての」と伊達は苛立った声で答えた。「ただ、俺たちの常識にはないことが起きてるのは確からしい」

「じゃあ、今から東啓大に行ってみましょうよ。土屋さん本人に話を聞くのが一番手っ取り早いですよ」

　言うが早いか、愛美はさっそく事務室の出入口に向かおうとする。

「ちょっと待った」と伊達がそれにストップをかけた。「焦って会いに行くと評価が下がるかもしれない」

「評価？　なんの評価ですか」

「科警研入りに向けた試験だよ」と伊達は真顔で言う。「俺たちをわざと不可解な状況に置いて、緊急時の対応力を見てるんじゃないか」

「そんなことを心配してるんですか？　仮に試験だとしても関係ないですよ。私たちは実際に困ってるんですから、それに対してちゃんとケアをしてもらわないと。ほら、行きましょう」

「いや、俺は遠慮しておく」

「あ、そうですか。じゃあ別にいいですよ。北上くんはどうする？」

「僕は……」

北上は二人を交互に見た。面倒なことになったな、と思った。伊達の側に付き、ここに居残る方が楽だ。しかし、そのことで愛美の機嫌を悪くさせるのは避けたい。ギスギスした雰囲気の中で時間を過ごすことを想像すると、それはそれで気が重くなる。どうすべきか迷いつつ視線をさまよわせていると、ふいにドアをノックする音が聞こえてきた。

「あれ、土屋室長が来たのかな」と愛美。

「部屋の主がノックするか？　俺が出るよ」

伊達が立ち上がり、ドアを開ける。

廊下に、一人の男性が立っていた。歳は五十代前半だろう。八：二に整えられた髪には白いものが少し混じっている。眉が下がり気味で、眼差し（まなざ）しは新郎新婦を祝う牧師のように優しい。

彼の顔を見た途端、伊達がはっと息を呑（の）み、「ご苦労様です！」と背筋を伸ばした。

「土屋は来ていないのか」と言って、男性は室内を見回した。

「はっ、まだであります」と伊達が直立不動で返事をする。

顔見知りなのだろうか？　北上の疑問を察知したかのように、「ええと、すみません、そちらの男性はどなたですか？」と愛美が尋ねた。

「ば、バカ、このお方は――」

慌てる伊達を、男性が手を上げて制した。

「申し遅れたね。科警研の所長の出雲だ」

「えっ！　所長……」

まさかの一言に、愛美が絶句する。北上もにわかに緊張が高まるのを感じた。科警研は警察庁の附属機関なので一般的な階級とは仕組みが違うが、そのトップならば警視監クラスに相当する。雲の上の存在と言ってもいい。感覚的には、市役所のヒラ職員が集まっているところに知事がやってきたようなものだろう。

「研修生が困ってると連絡を受けて、様子を見に来たんだ」と出雲は鷹揚に言った。

「どうも、土屋はろくに説明もしなかったようだ」

ごくりと唾を飲み込み、「一体、どういうことなのでしょうか」と愛美が声を上ずらせながら尋ねた。

出雲は事務室内を見回し、「この分室は、私が主導して新たに立ち上げた部署だ」と切り出した。

『研修の一環として実際の事件の捜査に協力し、研修生の技術を向上させる』……というのが表向きの設立理由だ。しかし、本当の目的は他にある。土屋を科警研に呼び戻すための第一歩として、私は分室を作り、全国の科捜研から研修生を募集したのだ」

「……呼び戻す？」

伊達がこちらを振り返る。それで北上は、自分が知らず知らずのうちに言葉を漏らしていたことに気づいた。

「君たちは、土屋のことをどの程度把握している？」

出雲の問い掛けに、「かつては、科警研で素晴らしい活躍をされていた方だと伺いました」と伊達が背筋を伸ばしながら答えた。

「そうだ。彼は最先端の科学知識を駆使し、到底歯が立たないと思われた難事件をいくつも解決に導いてきた。だが、二年前に起きたある問題の責任を取る形で、土屋は科警研を離れてしまった」

「何か、不祥事を起こしたんですか」

愛美の質問に、「誤認逮捕だ」と出雲は眉根を寄せながら答えた。

「ある殺人事件で、土屋は遺留品のＤＮＡ鑑定を行った。その結果に基づいて犯人と断定された人物を逮捕したんだが、しばらくしてから、ＤＮＡ鑑定の結果が誤っていることが判明した。誤認逮捕が起きたことはマスコミに大きく取り上げられ、科警研は世間からバッシングを受けた」

その騒動に関しては記憶に残っていた。一週間ほどはテレビや新聞で繰り返し報道されていただろうか。ただでさえ、世間は警察の失敗に厳しい。公務員ならどれだけ叩（たた）いても構わないと考えているのだろう。

「この一件で、土屋は謹慎処分を受けた。ちょうどその頃に、出身研究室の教授が土屋に大学復帰のオファーを出した。体調を崩し、信頼できる後任を探していたようだ。土屋はそれを受け入れ、謹慎が終わると同時に科警研を退職してしまった。……確かに、彼はミスをした。科警研内部には、彼が責任を取ることで納得した人間もいた。だが、私は長年科学捜査に携わってきたが、土屋ほどの才能を持った人間を見たことがない。彼をむざむざ手放すことは、科学捜査の発展の停滞を意味する。それを防ぐために、私は土屋を何としても科警研に復帰させたいと考えている」

「そういった話を、土屋さんにお伝えになったのでしょうか」

出雲の熱っぽい口調に釣られ、思わず北上はそう質問した。

「無論だ」と出雲が頷く。「ところが、土屋は聞く耳を持とうとしない。あの男は地位や名誉や収入にはまるで興味がなく、とにかく研究ができればそれでいいというスタンスの人間だ。今は大学の研究に熱中している。かつては科学捜査研究に夢中になったことを忘れてしまっているんだ。だから、それを思い出させなければならない」

「そのための分室……ということですか」と、神妙に伊達が言う。

「そうだ。土屋と共に、未解決事件の捜査に加わってもらいたい。そうして犯罪と向き合いながら、土屋に昔のことを思い出してもらおうと思う」

出雲の説明で、科警研分室の知名度が低かった理由が分かった気がした。土屋のために作られた部署であるがゆえに、おおっぴらに宣伝されてこなかったのだろう。

「しかし、土屋さんは分室のことを全然把握されていないようでしたが」

愛美の指摘に、出雲は悲しげに眉をひそめた。

「そうか。数カ月前から何度も伝えているんだが……。しょうがない。興味のないことは、すぐに忘れてしまうんだ、あの男は。脳みそがそういう風にできているんだろうな。接していて不快感を覚えることもあるだろうが、悪い人間ではない。どうにか彼とうまくやっていってもらいたい」

出雲はそう言って、自分のカバンから封筒を取り出した。

「これを、君たちに預けておこう。現在捜査中のある事件の資料だ。一点、鑑定してもらいたいサンプルも入っている」

「どういった事件なのですか」と、愛美がすかさず尋ねる。

「殺人事件で、犯人と思われる男は逮捕した。ただ、犯行については自供しているものの、動機に関して黙秘を続けている。動機の解明が目下の課題だ。それで、土屋に捜査への協力を依頼したんだが……あの男は一向に返事を寄越そうとしない。悪いが、君たちの方から土屋に話してみてくれないか」

「分かりました！」

即答する愛美に、「いや、ちょっと」と伊達が慌てる。「協力といっても、この分室にはサンプルを分析できる設備はありませんが」

「問題ない。土屋の研究室の分析機器を借りられる算段を付けてある。科警研にある機器はほぼすべて揃(そろ)っているそうだ」

「……あ、そうなんですか。それなら……」

「状況は理解したかね？　よろしく頼む。君たちには期待している。では、私はこれで」

満足そうな笑みと共に、出雲が部屋を出ていった。

ドアが閉まったところで、「おいおい、なに勝手に返事してんだよ」伊達が愛美に詰め寄る。

「所長からの指示ですよ。断る選択肢はないと思いますが」

「いや、そりゃそうだけど、せめて俺たちと相談してから決めてくれよ。なあ、北上」

「まあ、でも、結果は同じかなって気がしますが」と北上は小声で言った。出雲の語り口は堂々としていて、威厳に満ちていた。異を唱えるような真似(まね)は誰にもできなかっただろう。

「……かもな。とにかく、事件の資料を確認してみるか」

伊達はため息をつき、封筒から紙束を抜き出した。

と、そこでぽとりと床に何かが落ちた。小さなポリエチレンの袋だ。

北上はそれを拾い上げ、顔に近づけてみた。

袋の中には、一辺二センチほどの、菱形(ひしがた)をした青い破片が入っていた。事件の証拠品の一つらしい。

それを目にした瞬間、体がじわりと熱くなった。得体の知れないこの小片を分析してみたい。それは科捜研の職員というより、サイエンスに慣れ親しんだ人間としての本能的な欲求だった。

4

翌、四月十一日、午前九時二十分。北上は伊達や愛美と共に東啓大学へとやってきた。昨日、依頼された事件について相談したいと土屋に電話をしたところ、「今日は忙しいから、明日の朝九時半に研究室に来てくれ」と指示があったからだ。

「よし、行くか」

先頭を切って伊達が正門をくぐる。

花崗岩（かこうがん）で造られた白い門を抜けると、まっすぐ延びるイチョウ並木の向こうに、大きな時計を上部に据えた、赤レンガの大講堂が見えた。目的地はキャンパスの中央付近だ。いま見えている大講堂のちょうど裏側辺りだろう。

学生たちとすれ違いながら歩道を進むことしばし。本郷分室から徒歩でおよそ八分で、北上たちは理学部一号館に到着した。

理学部一号館は地上十二階の高さを誇っている。前面に張り巡らされたガラス窓は四月の陽光を受けて柔らかく輝いており、建物の周囲に設けられた列柱回廊は豪華さと気高さを演出するのに一役買っていた。

正面玄関から中に入り、エレベーターで六階に上がる。

消火器以外に何も置かれていない灰色の廊下を進んでいくと、〈環境分析科学研究室・教員室〉と書かれたドアを見つけた。土屋の部屋だ。

ホームページによれば、「社会を取り巻くあらゆるものについての分析手法の開発」がこの研究室のテーマであるようだ。大気、土壌、河川といった環境の構成成分のみならず、衣服や医薬品、工業製品の分析も行うという。平たく言えば、人間の生活に関わるものなら何でも分析する、ということだろう。だからこそ、多種多様な分析機器を揃えているのだ。

深呼吸をしてから、伊達がドアをノックする。しかし、しばらく待っても返事がない。

「おかしいな、まだ来てないのかな」

「時間にルーズなんですね」と愛美がドアを睨みながら言う。「っていうか、本当に『ホームズ』なんて呼ばれるくらい優秀なんですかね、あの人」

「所長がそう言ってたし、俺の聞いた話でもそうなってたけどな」

「研究者としては一流なんでしょうけど、社会人として二流っていうのはどうかと思います。ぶっちゃけ、嫌いなタイプですよ。私はキチッとしてる人が好きなんです」

「キチッと、ねえ。例えば北上みたいな感じか？」

愛美は二秒ほど北上を見つめ、「うーん、もう少しワイルドさがほしいですかね」と冷静に言った。

北上は思わず苦笑しそうになった。それはたぶん、自分から一番縁遠いものだ。

と、ふいに目の前のドアが開き、中から土屋が顔を覗かせた。今日は白衣姿だが、最初に会った時と同様、髪はぼさぼさだった。

「もしかして、ノックしました？」

視線を向けられ、なぜ丁寧語なのだろうと訝しみながら、「はい」と北上は頷いた。

「ああ、そうですか。ええと、ウチの研究室に何か用ですか」

土屋が不思議そうに訊く。

「あの、午前九時半から面会の約束を……」

遠慮がちに伊達がそう伝えると、「約束？　おたくら、どこの試薬会社の人？」と言われてしまう。顔つきや口調は自然で、冗談や嫌みを言っているようには見えない。信じがたいことに、北上たちのことをまるで覚えていないらしい。

困惑する伊達や愛美に代わって、「科警研の分室の研修生です」と北上は言った。「出雲所長から依頼のあった捜査協力について、ご相談に伺いました」

「あー、あれね。思い出した思い出した。そうか、君らが研修生か。じゃ、入ってくれ」

失念していたことを特に悪びれる様子もなく、土屋が部屋に戻っていく。

「マジかよ」と呟く伊達に続き、愛美と北上も教員室へと足を踏み入れた。

室内はどちらかと言えば殺風景だった。手前に向かい合わせに二台のソファーがあり、奥側に幅一メートルほどの事務机が置かれている。部屋の右手にファイルが詰め込まれたキャビネットがあり、左手に大型プリンターが設置されている。目につくものはその程度だ。本棚は見当たらないし、観葉植物の類いもない。

定期的に誰かが掃除をしているのか、床は綺麗だった。ただ、土屋の事務机の脇には開けっ放しの段ボール箱が置かれている。箱のサイズからすると、Ａ４サイズの紙なら軽く二千枚は入りそうだ。ちらりと覗き込むと、ぐしゃぐしゃに丸めた紙が乱雑に詰め込まれていた。アイディアをメモしたものをそこに捨てているのだろう。

「君らはそこに座るといい」

北上たちにソファーを勧め、土屋はプリンターに寄りかかった。立ったまま話を聞くつもりらしい。

三人を代表して、伊達が話をすることになっている。彼は「いえ、このままで結構です」とソファーの脇に立ち、すっと背筋を伸ばした。

「お電話でもお伝えしましたが、昨日、科警研の出雲所長から殺人事件の捜査に協力するように、と指令がありました」

「ああ、うん」と土屋は生返事をする。

「すでに資料をご覧になったかもしれませんが、概要を読み上げます」

ややこわばった面持ちで、伊達がメモを構えた。

「事件があったのは、三月三十一日の午後十時頃。現場は渋谷区松濤の住宅街にある一軒家です。被害者はこの家の家主である大岩英治、五十八歳。職業は美術品販売です。死因は、書斎にあったブロンズ像で頭部を強打されたことによる脳挫傷で、ほぼ即死だったようです。犯人は現場から逃走しましたが、付近の監視カメラの映像に姿がはっきり映っていたことから、四月六日にこの男を殺人容疑で逮捕しました。被疑者は豊原憲吾、三十七歳。イラストレーターで、絵の販売を大岩に委託していました」

土屋はぼんやりした表情で無精ひげをいじっている。

「凶器の指紋は拭い取られていましたが、豊原の靴の内側から微量の血痕が見つかっており、DNA鑑定により大岩の血液だと判明しています。犯人は大岩を撲殺後、台所にあった包丁で何度も相手の体を刺しており、現場のカーペットは血塗（ちまみ）れになっていました。この作業中に靴下に血液が付着し、それが靴にも付いたものと推測されます」

「ああ、そう。で、出雲さんは何をやれって？」

「こちらを」伊達が、ポケットから小さなポリ袋を出してみせた。例の、青い破片が入っている。「現場から発見されたもので、遺体から二メートルほど離れた位置にあったそうです。隅の方に、わずかですが被害者の血液も付着しています。これが何なのかを突き止めてほしいということでした」

「豊原は殺人の事実は認めたものの、動機については黙秘を続けています」と愛美が補足する。「彼がなぜ殺人という犯罪に走ったのか。この小片が、その動機を解明するヒントになるかもしれません」

「はあ、動機……」土屋はぼりぼりと頭を掻き、「それくらい、別にいいんじゃないの」と呟いた。

「しかし、動機が判明しないと、裁判で正しい刑罰を下すことができません」

愛美はやや声のボリュームを上げながらそう主張する。

「それはこっちには関係ないよな」と土屋は冷静に応じた。「黙秘を貫くってことは、罰が重くなるリスクを覚悟するってことだろ」

「それはそうですが……」

「そもそも、正しい刑罰云々なんてのは、司法が考えることだよな。少なくとも、警察の仕事じゃないよ」

「ですが、こうして出雲所長から依頼が来ているわけですから。鑑定を進めるべきだと思うんです」

「うーん、だけどな、研究の手を止める余裕がないんだよな。研究室に新人が入って、新しいテーマを始めたばかりなんだ。どうするかな……」

土屋は腕を組んでしばらく黙考し、「ああ、そうか。君らでやればいいんだ」と軽い調子で言い放った。

「我々で、ですか」と伊達が自分の顔を指差した。

「研修生が来るってことを、すっかり忘れてたな。どうしようかと困っていたんだが、うん、ちょうどいい課題が見つかったじゃないか。君らに任せる。ウチの実験機器を使う時は、学生にでも一言言っておいてくれ」

「え、そんな……室長からの指示はいただけないんですか」

　愛美が不安そうに尋ねる。

「なくても大丈夫だろう、たぶん。じゃあ、俺は実験があるから」

　土屋はその一言を残し、教員室を出ていってしまった。

「……なんなん、あれ」閉まったドアを見つめながら、愛美が低い声で言う。「無責任すぎ」

「どうやら、所長の気持ちは土屋さんには伝わっていないようですね」と北上はコメントした。土屋の頭の中は、自分の研究のことでいっぱいらしい。

「ワトソン博士の悲しい片思い……って感じだね」と愛美が嘆息した。「どうします、伊達さん。出雲所長に相談してみましょうか」

「いや、その必要はないだろ。室長があああ言ってるんだ。やろうぜ、俺たちで」

「本気ですか？」

「出雲所長は土屋さんの復帰を望んでる。それは、優秀な人材が必要だからだ。俺たちが成果を出したら、科警研にスカウトしたくなるはずだ」

「そんなにうまくいくかなあ」と愛美が首を傾げる。「取らぬ狸（たぬき）のなんとかじゃないですかねえ」

「前向きに考えるべきなんだよ、こういう時は。なあ、北上もそう思うだろ」

「そうですね。やりましょう」と北上は即答した。

「お、いい返事だな。これで二対一。決まりだな」

「なんで勝手に多数決にするんですか。私、別にやらないとは言ってないですけど」と愛美が不満げに言う。「二人がやる気なら、私も協力します。研修生の立場とはいえ、私たちは科学捜査に関わる人間ですからね。犯罪捜査に対して、すべての力を発揮して当たるのが当然の責務です」

「青い小片の分析は僕が担当します。化学分野に属するものだと思います」

「そうだな。まずは北上に任せて、俺たちはもう少し事件の資料を集めることにするか。あ、言っておくが、分析データは三人で共有だぞ。抜け駆けして一人で所長に成果報告、なんて裏切りは無しだからな」

「了解です」と答えて、北上はポリ袋を受け取った。

伊達と愛美が打ち合わせをしながら、先に部屋を出ていく。一人になったところで、北上はソファーに腰を下ろした。

動機の解明をやると主張したのは、愛美のように正義感に動かされたからでも、伊達のように出世欲が芽生えたからでもない。ごたごたした状況から一刻も早く抜け出して、小片の分析に取り掛かりたかったからだ。

自分の置かれた状況が不透明であっても、科学捜査に集中していれば何も考えずに済む。ただ、目の前の証拠品から導かれる科学的データだけを追っていればいい。

北上は息を吐き出し、渡されたポリ袋を目の前にかざした。

――この小さな青い欠片（かけら）は、いったい何を語ってくれるのだろう。

そこに秘められているかもしれない真実を想像するうちに、力が体にみなぎってくるのを北上は感じ取った。

5

四月十三日、金曜日、午前八時半。

北上は本郷分室で一人、資料を読み返していた。今朝は朝から雨模様だ。そのせいだろうか、室内の空気が淀（よど）んでいる気がする。ちなみに、分室には東向きの窓があるが、隣のビルとの距離が近いため日差しが差し込むことはない。

測定データの数値に目を走らせていると、廊下から足音が聞こえた。

「おはようさん」

「おはようございまーす！」

伊達と愛美が揃って事務室に姿を見せた。二人とも傘に薄い半透明の袋をかぶせている。雨が降り始めたらしい。

「おはようございます。さっそく、例の小片の分析結果を報告します」

「お、めずらしく張り切ってるな。何か面白い発見があったのか」

「進展はありました」北上は伊達と愛美にデータを印刷したものを手渡した。「これは、蛍光X線分析法のデータです」

物質にX線を照射すると、内部の電子が活性化され、蛍光X線という別の電磁波が発生する。蛍光X線のエネルギーや強度は元素に固有であるため、これを解析することにより、物質を構成する元素の種類とその比率を知ることができる。これが、蛍光X線分析法の原理だ。喩えるなら、部屋の外から中にいる人に声を掛け、その返事を聞くことでその人物の年齢や性別を推測するようなものだ。サンプルを壊すことなく、迅速かつ高精度に分析できる、優れた手法の一つだ。

「分析の結果、ナトリウム、アルミニウム、ケイ素、カリウムに加えて、コバルトが検出されました。このことから、現場から発見された小片は顔料であると推定されます。そこで、物理化学的特性の解明のため、赤外分光法や可視光を用いた分析を行いました。その結果、油彩画の絵の具である可能性が極めて高い、と結論付けられました」

「ふむ、つまり、絵から剝がれ落ちたものってことか」と伊達。

「被害者の大岩氏は美術品販売業を営んでいたそうですから、納得できる結果ですね」と愛美がデータを見ながら頷く。「でも、現場から剝落のある絵画は見つかってないですよね」

「そうだな。ってことは、犯人が絵を持ち去った可能性が高いな」

「一日半で終えたにしては、立派な仕事ぶりだと思います」と愛美が神妙に言う。「でも、鑑定を終わらせるのはまだ早いですよね。出雲所長は納得しないと思います」

「だろうな。知りたいのは犯人の動機だもんな」

「そういうことです。動機の解明のためにも、より具体的なデータを集めましょう。他にすることもないですし」

「ああ。俺もその意見に賛成だ」伊達は顔料の分析データを手に腰を上げた。「ただし、ここからはバラバラに動こうぜ。その方が効率的だし、誰が成果を挙げたのかはっきりするだろ」

「出雲所長へのアピールのためですか」と、愛美が視線を伊達に向ける。

「おいおい、そんなに冷たい目で見るなよ。ま、確かにその通りだけどさ」伊達は疚しさの欠片もない、爽やかな表情で言う。「自由行動でいいよな、二人とも」

「嫌だって言ったたって、どうせ一人でやるんですよね。じゃあ、もう止めませんよ」

「ええ、僕も異論ありません」と北上は言った。自分の仕事は分析だ。捜査そのものは対象外なのだから、話の流れに逆らうつもりはない。

「伊達さんは一人がお好きみたいですけど、私は北上くんと一緒に捜査します。その方が視野が広くなると思うんで。構いませんよね？」

「ああ、そっちはそっちで好きにしてくれ。じゃ、またな」

伊達が軽く手を振り、部屋を出ていく。

自分の夢を堂々と語り、それを実現するために行動する——。北上にとって、伊達は初めて出会うタイプの人間だった。大学の同級生や道警の同僚には、こういう考えの知り合いは一人もいなかった。自分には到底できそうにない生き方だ。

「ガツガツしてるなあ、ホント」と、ドアが閉まったところで愛美が呟いた。

「同感だよ」と北上はしみじみと同意した。

6

それから四日が経過した四月十七日、火曜日。北上は午後一時過ぎに、愛美と共に西武池袋線（せいぶいけぶくろ）の練馬（ねりま）駅へと降り立った。

ここのところずっと天気の悪い日が続いている。今日も雨だ。傘を差し、愛美と並んで歩き出す。寒くはないが、湿った空気が肌にまとわりついてきて鬱陶しい。

スマートフォンに表示させた地図を確認しつつ、ちらりと隣を窺う。愛美は桜色の折り畳み傘を、顔の横辺りで支えている。

こうして真横から見ると、鼻から顎に掛けてのラインの美しさに気づく。整った口元は、彼女のその爽やかなスマイルを作るのに高く貢献している。

好印象を与える笑顔に、ハキハキとした喋り方。それプラス、前向きな姿勢と、コミュニケーションへの積極性。きっと彼女は常に日向を歩き続けてきたのではないか、と北上は思った。なるべく目立たないように、ひっそりと生きてきた自分とは正反対だ。

と、そこで北上の視線に気づき、愛美がこちらを向いた。

「ん？　どうかした？」

「いや、別に」と北上は視線を逸らした。

「あ、そうだ。この間は失礼なことを言っちゃってごめんね」

傘を差したまま、愛美が手を合わせる。何について謝られているのだろう。まるで心当たりがない。「何の話？」と北上は尋ねた。

「いや、ワイルドさが足りないみたいなことを言っちゃったでしょ。あれ、我ながら失言だったなってあとで反省してさ。機会があったら謝りたかったんだ。ごめん」

「ああ、そのこと。全然気にしてないよ。むしろ的確な評価だと思う」

「そう？　まあ、確かに北上くんは真面目で物静かなタイプだよね。私や伊達さんに遠慮してるわけじゃないよね？」

「道警にいた頃……いや、子供の頃からこんな感じだよ。おとなしいとか、声が小さいとか、もっと自分を出せとか、いろんな人から似たようなことを言われてきたよ」

「そうなんだ。言えばいいのに、言いたいことをさ」

「……自己主張って、衝突の原因だと思うんだ。意見と意見がぶつかると、そこで争いが生じる。そういう風に、誰かと揉めるのが苦手なんだ」

「だから、周りに流される人生もやむを得ない、と。うーん、なかなか困難な道だと思うよ、それはそれで。なんていうか、修行僧みたい」

「いや、そんな立派なものじゃないよ。単に内向的なだけだよ」

　話を切り上げるために、北上は改めて地図に目を落とした。これから訪れる予定の〈美川画材〉は、駅の南東方向、アパートや小さな商店がひしめく一画にあるようだ。

　練馬消防署の角で右に曲がり、練馬警察署を通り過ぎてすぐの横道に入る。犬の散歩中の住人とすれ違いつつ進むこと百メートルあまり。整骨院や薬局、そば屋などが並ぶ中に美川画材の店舗があった。白い外壁の二階建てで、間口が狭くてあちこちに小窓や通風孔があるので、遠目にはエアコンのリモコンのようにも見える。

　この数日間、北上と愛美は、現場から見つかった油絵の剝離片について、美術商や顔料メーカーへの問い合わせを行ってきた。残念ながら絵の正体までは摑めなかったが、小片の分析データを見たあるメーカーの担当者が、「練馬の画材店で販売されているものに類似している」と連絡をくれた。その情報の真偽を確認すべく、ここにやってきたのだった。

ガラス扉を開けて中に入る。狭い通路の左右に棚が並んでおり、絵の具のチューブが、色ごとに透明なケースに入れられて売られている。色の数は百や二百では利かないだろう。微妙に色彩の違う赤や青が、グラデーションを描くように並べられていた。

店の一番奥にカウンターがあり、緑のエプロンを着けた男性が座っていた。口元も顎もみっしりとひげに覆われているので年齢が分かりづらいが、おそらく四十代だろう。

「すみません、警察のものですが」

愛美が声を掛けると、「ああ、どうもどうも。店主の美川です」と彼が頭を下げた。

「例の油絵の具の件ですね」

「ええ、そうです。いかがでしょうか」

「お送りいただいた分析データを見ました。若干不純物が含まれていますが、ウチで売っている絵の具で間違いないですね」と美川は言った。「色の名前は、〈ビューティー・リバー〉と言います」

「それって、もしかして……こちらのお店の？」

「ええ、ウチの店名を英語にしたものです。実はこの絵の具、私のところで独自に調合したものなんですよ。二年ほど前に、知り合いの画家の方から、自分で調合した青色と同じ絵の具が大量にほしいとリクエストされまして。要望に応えたまではよかったんですが、うっかり作りすぎてしまいましてね。捨てるのがもったいなかったので、店頭に出してみたんですよ。そうしたら思いのほか好評で。ぜひ使いたいと言ってくれた方にお売りしました」

「独自調合ということは、ここでしか入手できないのですね」愛美がカウンターに身を乗り出した。「販売した相手のリストはありませんか」

「帳簿を調べれば分かりますよ。結構値段を高めに設定してましてね。そういう特別な絵の具を買うのはプロの方だけなんです」

　美川に依頼し、購入者のリストを作成してもらう。その絵の具が販売されていたのは、二〇一六年の十月から翌年の三月末までで、購入者は七名だった。

　北上と愛美は店主に礼を言い、店をあとにした。

「これはかなりの前進だね！」

「そうだね。このリストの中に、現場から持ち去られた絵を描いた人物がいる可能性は高いと思う」

「このことを、伊達さんにも伝えた方がいいのかな」と愛美が雨空を見上げる。別々に調査を進めると決めてから、伊達とはほとんど会話をしていない。分室で顔を合わせた時に挨拶する程度だ。

「安岡さんは、科警研への出向を目指してないの？」

「うん。私は別に。関西が性に合ってるし、科捜研の仕事に不満はないし」

「それなら、話し合いをした方がいいかもしれないね。それと、土屋さんへの報告も」

「そうだね。事件を解決するのが一番だもんね」

「……ああ、その通りだね」

少しずつゴールに近づいていることを、北上は残念に感じていた。謎と向き合う、一番無心になれる時間は確実に減っている。

できることなら、ずっと証拠品の鑑定を続けていたい。誰にも邪魔されず、分析装置が揃った部屋で一人きりになって。

言いたいことを言えばいい。愛美の言葉が脳裏をよぎる。おそらくは、それが自分の「言いたいこと」になるのだろう。

だが、自分の願望を口に出すつもりはなかった。分析ができればそれで満足というのは、科学捜査に携わる者として、あまりに不謹慎だからだ。主張がぶつかり合う以前の問題だ。

翌日。午前九時に北上が分室に顔を出すと、そこには伊達の姿があった。

「よう」と軽く手を上げる彼の表情は明るい。「昨日は連絡ありがとうな」

「いえ、そろそろ情報共有をする頃合いだと思ったので……」

と、そこで北上は伊達の机の上に置かれた画集に気づいた。その表紙には、空を飛ぶ白い龍が描かれていた。

「あ、これか？」と伊達が画集を持ち上げる。「これに注目したってことは、北上たちも白坂(しらさか)すみれにたどり着いたってことかな」

昨日、分室に戻ってから、北上は愛美と共に、美川画材の店主からもらったリストの確認作業を始めた。白坂すみれは、ビューティー・リバーの購入者の一人だった。

ただ、まだ伊達にはあのリストを見せていない。しかも、すみれは名前を世に知られた画家ではない上に、昨年の四月に自ら命を絶ってしまっている。手当たり次第に調べていても彼女に行きつくことは難しいはずだ。

「どうして、彼女に……」

着目したんですか、と尋ねようとしたタイミングで分室のドアが開き、「おはようございまーす」と愛美が部屋に入ってきた。

「おう、おはよう」と伊達が画集を顔の横に掲げる。

それを見て、「あれ？」と愛美は眉をひそめた。「どうして伊達さんがそれを？」

「どうして？　想像力を働かせろよ。調べたに決まってるだろ」

「伊達さんも、私たちみたいに絵の具のデータをもとに調査を進めたんですか」

「いや、違うね。もっと直接的なやり方だよ。事件の捜査に当たっている渋谷署の刑事と会って、被疑者である豊原のことを教えてもらったんだ。豊原は白坂すみれと付き合ってたんだよ。去年の春、白坂が自殺する直前までな」

「え、そんなこと、捜査資料には書いてなかったですよ」

「資料は日々更新されてる。最新のデータを確認するのは基本中の基本じゃないか。捜査担当者は必死に証拠を集めてるんだ。それを利用しない手はないだろ。事件について調べるなら、刑事に訊くのがベストな方法なんだよ」

　伊達はそう言ってにやりと笑った。

「……確かに。視野が狭くなってました。つい、絵の具のデータにばかり目が行っちゃって……」

　反省する愛美を見て、申し訳ないことをしたな、と北上は思った。刑事に話を聞くというやり方は、北上も思いついていた。だが、捜査員から最新の情報を得ようと思えば、分室のことや捜査に協力している理由を説明しなければならなくなる。それが面倒だったので黙っていたのだった。

「まあ、済んだことは仕方ないです」愛美がぱっと顔を上げた。「それで、現場から持ち出された絵は特定できたんですか」

「まだだ。だからこうして白坂の画集を集めてるんだよ。彼女の作品リストに載っている絵と、絵の具の破片の色味を比較するためにな。白坂は生前、二冊の画集を出している。一冊は出版社に問い合わせて送ってもらったんだが、もう一つは自費出版だったから探すのが大変でさ。海外のオークションサイトでようやく見つけた。で、それが今日ここに届くことになってる」

「印刷物と現物の色味を比較するんですか？　それでは正確な結果は得られないと思いますが……」

北上の指摘に、伊達は芝居がかった様子で指を左右に振った。

「そんな初歩的なことを俺が見逃すと思ってるんなら、認識を改めた方がいいな。俺は科警研への栄転を目指す男だぜ。そのくらいのことは織り込み済みだ」

伊達が机の引き出しから、はがきサイズの紙を取り出した。紙には、一センチ角の青い正方形が印刷されている。

「例の小片を写真に撮って、印刷会社に持ち込んだんだ。それを、白坂の画集と同じ品質の紙に印刷した。これで比較が可能になるだろ。もちろん、これから届くもう一冊の画集についても、同様のサンプルを作るつもりだ」

「すみません、余計なことを言いました」と北上は頭を下げた。

「まあ、俺の方が二年もキャリアが長いからな。このくらいは当然だよ。ってことで、あとは色を分析するだけだ。作業は任せるぜ、北上。もちろん、誰がどの作業をしたかは報告書にきっちり載せるからよ」

「了解しました。二、三日中に結果を出します」

「お、そうか。助かるぜ」

「だいぶ煮詰まってきましたし、もう別々に行動するのはやめましょうよ」と愛美が提案した。「成果がほしいなら、全部伊達さんの手柄ってことにしますし」

「いや、それはフェアじゃない。俺は自分の実力を見極めたいんだ」と伊達は真剣な面持ちで言った。「今回、あえて単独行動を選択したのは、自分一人でどこまでできるか見極めるためだ。要は腕試しだな」

「そうなんですか？　自分を試すのはいいですけど、情報を隠されると効率がめっちゃ悪くなりますよ。白坂が重要人物だって分かってたら、もっとスムーズに調査が進んでたと思いますし。捜査に関わってるんですから、誰かのわがままで真相にたどり着くのが遅れるなんてダメですよ。伊達さんが私たちのリーダーってことでいいんで、今度は三人でやりましょう」

「そうだな。じゃ、俺が陣頭指揮を執るよ。安岡には印刷会社との連絡を取ってもら

おうかな。白坂のもう一冊の画集を持って行って、紙質の同じ印刷サンプルを作って
もらってくれ」
満足げに指示を出す伊達を見て、彼はこの展開を狙っていたのではないか、と北上
は感じた。自分が有能であることを示し、リーダーにふさわしいことを見せ付ける。
そのための単独行動だったのではないだろうか。
年功序列でリーダーを主張するのではなく、実力でそれを勝ち取る。その面倒臭い
プロセスが、伊達にとっては重要だったのだろう。
やっぱり自分とは全然違う人種なんだな、と実感しつつ、北上は分析のための準備
に取り掛かった。

7

四月二十日、午後七時半。北上は東啓大学の理学部一号館の六階にある、環境分析
科学研究室の実験室にいた。
十メートル四方の実験室には高速液体クロマトグラフィーや分光分析装置、大小
様々な顕微鏡などが設置されており、それらに内蔵されたモーターの駆動音が微(かす)かに
聞こえてくる。

二時間ほど前までは研究室の学生も作業をしていたが、今は北上一人だ。機械だけが音を立てる室内で、北上は現場から見つかった青い小片と向き合っていた。

この小片の出どころはすでに判明した。画集に掲載されている白坂すみれの絵をスキャンし、小片の色彩と一致する箇所をコンピューターで探索した結果、〈青空の伝言〉という作品に使われている青と極めて高い一致を示した。

その絵は、鮮やかな花畑と一軒家、そして青空を描いたものだった。何の変哲もない風景、と言ってしまってもいいだろう。白坂の遺作だが、少なくとも、美術界において高い価値を認められた作品ではない。

現場から豊原が持ち去った絵は分かった。鑑定作業という意味では、北上たちは任務を完遂したことになる。しかし、捜査陣を悩ませているのは、豊原が殺人を犯したその動機であり、絵の正体ではない。そういう意味では、出雲から与えられた課題はまだ解決していないことになる。

一連の分析結果は、事件の捜査担当者にすでに伝えている。ただ、絵のことをぶつけても、豊原は依然として黙秘しているという。持ち去ったあとの絵をどうしたかも不明なままだ。

青い小片を眺めながら、北上は息をついた。一人で実験を続けられることはありがたいが、何をすればいいのかが思いつかない。伊達からは、「もう少し情報が引き出せないか考えてくれ」と頼まれたが、もはやこの小片から得られるものは何もないのではないか、と弱気になってしまう。

そうしてぼんやりと実験台の前に座っていると、誰かが実験室に入ってきた。振り返ると、そこには白衣姿の土屋の姿があった。

彼の顔を見るのは久しぶりだった。土屋は、証拠品の鑑定状況を報告したいとこれまでに何度か申し出たのだが、そのたびに土屋は、「今は忙しいから」と言ってあっさり電話を切ってしまうのだ。

ほとんど手を貸してもらっていないとはいえ、名目上は土屋が上司だ。挨拶くらいはしておこうと思い、「お疲れ様です」と彼に声を掛けた。

すると、顕微鏡の前に座ろうとしていた土屋が怪訝な顔をした。

「ええと、君はどこの研究室の学生かな」

表情を見る限り、冗談の類いではなさそうだ。どうやら土屋は北上の顔を忘れてしまったらしい。軽い失望を覚えながら、「学生ではありません。科警研の分室に派遣された研修生の北上です」と北上は改めて名乗った。

「ああ、そうだったな。悪い悪い」

軽い調子で謝罪し、土屋は顕微鏡のレンズを覗(のぞ)き始めた。

「……それは、出雲所長から依頼された案件に関する分析作業ですか」

たぶん違うだろうと思いつつ、北上はそう尋ねた。

「ん？　いや、違う違う。東京湾の海水に含まれるマイクロプラスチックを観察してるんだ」

マイクロプラスチックのことは、科学雑誌のコラムで読んで知っていた。海洋投棄されたプラスチック製品などが、目に見えないサイズの微小な粒子へと分解されたものを指す名称だ。これらの粒子の環境中濃度は年々上昇しており、生物への影響も不安視されている。そういったものも、土屋の研究の対象なのだろう。

「そういえば、出雲さんから今朝電話があってな」接眼レンズに顔を寄せたまま、土屋が言う。「研修生の面倒をちゃんと見てるのか、って言われたよ」

「はあ、そうですか……」

「知らなかったんだが、どうやら科警研の方から手当が出るらしい。室長の責務は果たせないから返納しますと言ったんだが、向こうは受け取れないの一点張りでな。出雲さんはほら、強引な人だから」

「……先日お会いしましたが、確かに意志の強い方だと思いました」と北上はコメントした。目的のためなら手段は選ばない、といった種類の強引さを出雲からは感じた。だからこそ、科警研の所長にまで上り詰めることができたのだろう。

「そうなんだよな、本当に困るよ。時間がないのに。……あ、そうか。ここで現状を話してもらえばいいのか。それで義理は果たしたことになるだろ」

「え、この場で、ですか」

「ああ。作業しながら聞く。思いついたことがあればアドバイスする」と、顕微鏡を覗き込みながら土屋は言う。

「じゃ、じゃあ、他の二人を呼んできます」

「君は事件のことを把握してないのか？」

「いえ、情報共有はしっかりとやっていますので……」

「なら大丈夫だな。手短に済ませてくれ。よろしく」

「……は、はあ。分かりました」

北上はプレゼンテーションが下手だという自覚があった。声がこもりがちで聞き取りにくい上に、喋るテンポもよくないらしい。

なぜこんなことに、と不運を呪いつつ、これまでに調べたことを土屋に説明した。

「――ということで、持ち去られた絵は判明したものの、未だに犯人の動機は分かっていません」

ひと通り説明を終え、土屋の反応を待つ。しかし、彼は黙って顕微鏡を覗き続けている。こちらに意識を払っている様子はない。

説明しただけ無駄だったか、と吐息をついた時、「カーペットは？」と土屋がふいに呟いた。

「え？　カーペット……ですか」

「最初に事件の説明をした時、『現場のカーペットは血塗れになっていた』と言っていただろう。そこに、キャンバスが落ちていた痕跡はなかったのか？」

「あ、ああ、それでしたら見つかっていません」

そう答えると、土屋は顕微鏡から顔を離し、北上の方に目を向けた。

「顔料はいつ剝がれたんだろうな」

「それは……」

北上の返答を待たずに、土屋は立ち上がって室内を歩き始めた。

「絵が描かれてから、まだ二年も経っていない。飾ってあるだけで剝落が起きるとは考えにくい。何らかの衝撃があったはずだ。だが、被疑者も被害者も絵を大切にする理由があった。意図的な破壊ではないだろう。偶然の産物だ」

土屋は行ったり来たりを繰り返しながら独りで喋っている。

「ありうるとしたら、ある種の事故だ。殴られ、倒れた時に被害者が絵を巻き込んだとすれば辻褄が合う。絵が落ちる、被害者が倒れる、頭部から出血する。そういう流れだ。ところが、ここで矛盾が生じる。その順序でキャンバスに血が付着したなら血痕が途切れた箇所がカーペットに残るはずなのに、そんなものはなかった。となれば、被疑者がその痕跡を消したと推測できる。だから、カーペットは血塗れだった。つまり、被疑者は絵がそこにあった事実を隠蔽しようとしていたわけだ。持ち去ったことを警察に知られたくなかったんだ」

　言葉を重ねるにつれ、土屋の表情は真剣味を増していた。心なしか、往復するスピードも上がっているようだった。

「警察から絵のことを隠そうとしたのはなぜか。そこに、被疑者にとって重要なものが描かれていたからだ。画集にくだんの絵は掲載されていた。ならば、それは、あとで描き足されたもの、あるいは見えないものであるはずだ。そこに、動機を語らない理由があるとしたら――」

　土屋はそこでぴたりと立ち止まり、「ＳＥＭは？」と虚空を見ながら言った。

「え、なんとおっしゃいましたか」

「走査型電子顕微鏡によるサンプル表面の形状観察はやったのか？　さっきの報告にはなかったようだが」

「あ、いや、それは……」

　走査型電子顕微鏡は、試料に電子線を当て、それに応じて放出される二次電子や反射電子などを検出することで、対象物の微細な構造を観察する装置だ。光学顕微鏡の不得意分野である表面構造の高解像度解析ができるという強みがある。

その装置については知っていたが、道警では使ったことがなかった。そのため、今回のサンプルの分析手法には採用していなかった。

「やってないなら、試してみるか。サンプルはあるか？」

「あ、はい。ここに持ってきています」

「よしよし、それは好都合だ」

　土屋は北上の手から小片の入ったポリ袋を奪い取り、くるりと背を向けて部屋を出ていく。慌てて廊下に出ると、二つ隣の実験室に入っていく土屋の姿が見えた。

　彼を追うように部屋に飛び込む。そこは二十帖（じょう）ほどの広さがあった。奥にＳＥＭが置いてある。本体の高さは、およそ二メートル。一辺一メートルほどの白い直方体の箱の上に、電気ポットを巨大化したような装置が載っている。それが本体だ。

　土屋はすでにサンプルの準備に取り掛かっていた。ピンセットでつまんだ小片の表面に空気を当てて微細な埃（ほこり）を吹き飛ばし、導電性カーボン両面テープを用いて小片を観察用の試料台に固定した。一連の作業は速く、正確だ。

「生物試料じゃないから脱水処理は不要だな。金属粒子を含んでいるはずだし、導電性は確保されてるだろう。まずはこのまま見てみるか」

　土屋は説明とも独り言ともつかないことを喋りながら試料を装置にセットし、モニターの前に座った。

ＳＥＭは光学顕微鏡のように肉眼で見るのではなく、モニターに画像を映しながら、手元の操作盤で観察範囲や倍率をコントロールする仕組みになっている。

土屋はモニターを見ながら、巧みに操作盤のつまみを回し、試料表面の様子を素早く確認していく。その手つきは極めてスムーズだ。

「表面を観察すると、何が分かるんですか」

土屋の作業を見守りながら、北上は質問を投げ掛けた。

「そういうことを考えたりはしないな、俺は」と画面に視線を据えたまま土屋が言う。「取れるデータはとりあえず全部取る。で、出てきた結果を見て考える。それでいいじゃないか」

「……そうですね、もっと徹底的にやるべきでした」

「別にいちいち反省するようなことでもないだろう。人の命が懸かってるわけじゃないしな。……ん、これは」

そこで土屋が画面にぐっと顔を近づけた。

何かを見つけたのだろうか。操作卓に近づき、土屋の肩越しに画面を覗く。映っているのは白黒の画像だ。数万倍に拡大された、カッターナイフの刃のような、長細い平行四辺形がびっしりと並んでいる。油絵の具の粒子だ。

その構造を見ていて、北上は違和感を覚えた。画面の右の方に、六角形の結晶が映り込んでいる。境界線でも引いたかのように、ある領域から右側はすべてそちらの構造になっていた。

「……これは、どういうことなんでしょう」

「見たままだ。違う顔料が塗られているんだよ」

「二種類の色が混ざっているということですか。しかし、色彩分析では一色だと判定されていますが」

「片方は透明性が高いんだ。それを青の上から塗っているから、下地の色しか見えなかったんだな。このサンプルの蛍光X線(XRF)分析法のデータは取ったか？」

「は、はい。すぐに持ってきます」

急いで元の部屋に戻り、ノートパソコンを持って土屋のところに取って返す。

呼び出した分析データを一瞥(いちべつ)し、土屋はまた室内をうろつき始めた。

「微妙にだが、ストロンチウムが含まれてるな。こっちの透明な顔料の成分だろう。ストロンチウム、ストロンチウム……何の成分だ？　透明な絵の具……見えない色、か。もしかすると……」

土屋は突然足を止めると、ＳＥＭのモニターの電源を落とし、測定を中止してサンプルを取り出した。

「ど、どうしました？」

土屋は北上の呼び掛けを無視し、取り出した小片を近くのテーブルにあったデスクライトの光の下に置いた。

三分ほど蛍光灯を至近距離で照射してからデスクライトを消し、土屋は部屋のドアを指差した。

「部屋の明かりを消してくれ。スイッチはあっちだ」

「は？　明かりを……ですか？」

「いいから、早く！」

土屋の表情は、赤か青どちらのコードを切るかを吟味している爆弾処理員のように真剣だ。北上はその迫力に背中を押されるように出入口に駆け寄り、ドアの脇にある照明のスイッチを落とした。

途端に室内は暗闇に包まれる。実験機器のパイロットランプと、窓のブラインドの隙間から差し込む街灯の光が、土屋のシルエットをぼんやりと描き出していた。

……これで何が分かるというのだろう？

首を傾げながら室内を見回していた北上は、テーブルの上の、小さな青白い光に気づいた。

ゆっくりとそちらに近づき、北上はテーブルを覗き込んだ。

「……これは」

北上は思わず息を呑んだ。

現場から見つかった油彩画の破片の一部が、テーブルの上で淡い光を放っていた。

「どうやら、成功したみたいだな。『真相の解析』に」

闇の中で、土屋がぽつりと言った。その表情は窺えなかったが、声は思いのほか冷静で穏やかだった。

「この光が、事件の動機に関わっていると？」

「ああ。ただ、これで終わりじゃない。本人に動機を語らせないと、出雲さんの依頼を果たしたことにはならないんだろ。面倒くさいが、仕方ない。一応、室長の責務ってものもあるからな。時間をやりくりして対処するとしよう」

土屋はそう言うと、暗闇の中をするすると歩いて実験室を出ていった。

8

昼食を終え、豊原憲吾は床に座ったまま、留置場の居室の白い壁を眺めていた。

留置担当官に申し出れば新聞や備え付けの図書を読むこともできるが、何もする気力が湧かない。豊原の頭にあるのは、すみれの絵のことだけだった。

豊原は逮捕される前に、すみれが遺した絵を自宅アパートに隠した。丸めて筒状のケースに収めたものを、洗面台の収納の天板に貼り付けたのだ。死角になる位置なので、しゃがんで見上げても目には入らない。あそこなら、そう簡単には見つからないだろう。アパートを引き払う際にでも、家族に頼んで回収してもらうつもりだった。あの絵に込められた「秘密」。それともう一度対峙するのは、服役を終えたあとになる。時間がどれだけかかっても構わない。とにかく、あのメッセージを読み取るのは自分でなければならない。それが、死んでしまった——いや、自分が死なせてしまった恋人に対して誠意を示す、唯一の方法だからだ。

すみれは自殺する直前、画家としての将来に悩んでいた。彼女はたびたび豊原に不安を訴え、そして感情を昂らせて泣き叫んだ。正直、手に負えないと感じ、豊原はすみれとの距離を取るようになった。あの時、自分がもっと誠実に彼女と向き合っていれば……豊原は今でも自分の選択を後悔している。

豊原はもう一つ、致命的なミスを犯していた。それは、すみれの死後、持っていた彼女の絵をすべて大岩に売却してしまったことだった。すみれを忘れようと思って衝動的に取った行動だったが、手元に絵を残しておけば、こんな事態は起きなかっただろう。

そうして物思いに耽っていると、「六番、出なさい」と担当官に呼ばれた。ここでは名前ではなく番号で扱われるルールになっている。

そろそろ取り調べの時間だ。刑事による聞き取りは連日のように行われている。おかげで、居室から取調室までの足取りが無駄にスムーズになった。

いつものように腰縄を付けられたまま取調室に入る。すると、そこには顔馴染みの担当刑事ではなく、白衣を着た男の姿があった。髪はぼさぼさで、どこかとぼけたような、真剣さの薄い顔つきをしている。

「科学警察研究所・分室の室長をしている土屋です」男が落ち着いた声で名乗る。「今日はポリグラフ検査を受けてもらおうと思うのですが、構いませんか？　任意ですので拒否権はありますが」

「……別にいいですよ、それくらい」と豊原は言った。大岩を殺したことはすでに認めているのだ。何を訊かれても困ることはない。

「では、すみませんが二人きりにしてください」

留置担当官は豊原の腰縄を机の脚に括り付けてから、一礼して部屋を出ていった。

土屋と向かい合って座る。机の上には、ノートパソコンやテッシュケースほどの大きさの白い装置が並べられている。装置からは何本もコードが伸びていて、指サックのような器具に繋がっていた。あれを指に嵌め、脈拍の変化や発汗量を測定するのだろう。

「さて」と土屋は机の上で手を組み合わせた。「ポリグラフ検査はやらない」

「……は？」

「検査云々は、君と二人きりになるための口実だよ」と土屋は平然と言った。「取り調べは刑事の役目で、俺にはその権限がないのでね」

最前と口調が変わっている。高圧的ではない、親しみを感じさせる話し方だった。

「……何のために、そんなことを？」

「殺人の動機を解明しろと上司に言われてるんだ。だから、腹を割った話がしたくてね。ただ、議事録を取るような堅苦しいやり方はどうも苦手で。だから、こういう特殊な形式にしたんだ」と土屋は頭を掻いた。「ああ、安心していい。絵に隠された秘密は、まだ捜査関係者には話してないから」

秘密、という単語に心臓が跳ねる。

……この男は「あれ」に気づいているというのか？

動揺を押し殺すために顔の筋肉に力を入れ、「……秘密とは何のことでしょうか」と豊原は警戒しながら言った。

「下手な演技は結構だ。いま見せる」

土屋が白衣のポケットから、小型の懐中電灯とポリ袋に入った青い小片を取り出した。

「これは、被害者の部屋から回収した油彩画の破片だ。これに、まずはしっかり光を当てる。それから……こうする」

　土屋が席を立ち、部屋の明かりを消す。すると、机に置かれた小片が青白く光を放ち始めた。すぐに弱まって消えていくその弱々しい光を、豊原は呆然と見つめた。

　大岩は、すみれの絵に隠されたメッセージに偶然気づいたと言っていた。豊原はその話を聞いて初めて、光る文字の存在を知った。

　だが、この男は違う。科学技術を駆使して、ほんの小さな絵のかけらから、すみれの遺言にたどり着いたのだ。そのことに、豊原は感動すら覚えてしまった。

　部屋の明かりをつけ、土屋は言った。

「青の絵の具の上に塗られているのは、アルミン酸ストロンチウムを主成分とする蓄光顔料だ。光を吸収して暗いところでもしばらく光る性質がある。時計盤の文字、あるいは誘導標識などに使われているものだな。絵に使われているものは透過性が高いが、光を放つ活性は弱い。作者はあえてそういうものを選んだようだ。だから、長い時間日光に晒すか、至近距離で蛍光灯の光を当てないと光らない」

　青色に戻った小片に視線を据えたまま、「……それが塗ってあったから、どうだっていうんですか」と豊原は尋ねた。

「君に殴られた時、被害者は絵を巻き込むように床に倒れ込んだ。その結果、頭部から流れ出た血液により、絵は汚れてしまった。まあ、たぶんそんな感じだったんじゃないかな。その時、君はやばいと思ったはずだ。その絵には、蓄光顔料で『もう一つの絵』が描かれていたんだからな」

事実を正確に言い当てられ、豊原はぐっと唇を結んでうつむいた。そうしないと、うめき声が喉の奥から零れ落ちてしまいそうだった。

「君は現場からその絵を持ち去った。今もどこかに隠し持っていると思う。問題は、隠されたメッセージを読み取れたか否かだが……どうかな、無理だったんじゃないかと思うが。欠損だらけになっていただろうからね」

「……え？」豊原は顔を上げた。「どういう意味ですか、それ」

「調べてみたら、現場のカーペットから蓄光顔料の成分が検出されたんだ。床に絵が落ちた際に、何割かが剝離したんだと思う。あとから描き足したものだから、衝撃に弱かったんじゃないかな」

「……そんな」

豊原は呆然と呟いた。大岩が絵と共に倒れた瞬間に、メッセージは失われていた。すみれの最期の言葉は血の中に消えてしまったのだ。

土屋は小さく息をつき、パイプ椅子の背に体を預けた。

「事件の夜、被害者から君に連絡があった。これは、携帯電話の履歴から確認できる、間違いない事実だ。君らは二人きりで会った。そこでどんな会話が交わされたのか？

殺人の現場となった書斎に問題の絵があったことから推測するに、蓄光顔料のメッセージに気づいた被害者は、非常識な条件で君に絵を売ろうとしたんだろう。頭に血が上り、君は衝動的に殺人を犯してしまった。これがこの事件の動機だ。大切な絵に注目されたくない。他人にメッセージを読まれたくない。その一心で、君は黙秘を続けているんだな。事情を話せば、警察は絵を見つけ出し、確認のためにメッセージを解読するだろうからな。だけど、それは残念ながら無駄な努力なんだ。だから、さっさと絵のことを話してしまった方がいい。君は刑が多少軽くなるし、警察は捜査を終了できる」

「……本当に、読めないんですか」

「無理だと思う。ただ、永久に不可能だとまでは言えない。顔料を塗ったことで、元の絵の表面にミクロレベルの変化が起きているかもしれない。それを正確に解析できる技術が、将来的に確立される可能性はあるだろう。うーん、だからまあ、希望はあるんじゃないかな。保証はできないんだが……」

土屋は腕を組み、思案顔で話している。気休めではなく、本当にそれが可能かどうか考えながら喋っているらしい。その表情は算数の難しい問題を前に頭をひねる子供のようだった。

「……分かりました」と豊原は神妙に言った。「あなたの話を信じて、動機を話そうと思います」

「あ、そう？　それはよかった」

大きく息を吐き出すと、「いや、助かった。これで自分の研究に戻れるよ」と言って、土屋は小さな笑みを浮かべたのだった。

9

四月二十七日。連休が始まる直前のその日、北上たち三人は本郷分室で報告書作りに励んでいた。今日中に、それぞれの視点からデータや感じたことをまとめ、出雲所長に提出することになっている。

時刻は午後二時を回っている。空調を入れていない室内は少し蒸し暑い。札幌ではそろそろ桜が見頃を迎える時期だが、東京ではもう春が終わるらしい。

キーボードを打ちながら、「土屋さんと被疑者との面会って、どんな感じだったんでしょうね」と愛美が呟いた。「伊達さん、情報は集まりました？」

「いや、さっぱりだ。完全に一対一だったから、内容が外に漏れてこないんだ」と伊達が首を振る。「俺に分かるのは、豊原がついに動機を語った、ってことだけだ」

「それは全員が知っていることです」と愛美が冷たく言う。「北上くんは？　室長から何か教えてもらってない？」

「……いや、特には」

　ＳＥＭによる分析で蓄光顔料のメッセージを発見した三日後、土屋は一人、豊原に会いに行った。そこで何が話し合われたか、土屋は何も語らなかった。そもそも、あれから彼とは顔を合わせていない。研究室の運営で忙しいようだ。

「そっか。じゃあ、土屋さんがうまく豊原を説得したんだろうね」

「結局、隠されたメッセージは分からないままだけどな。警視庁の科捜研で絵を分析したけど、ボロボロで読み取れなかったらしいぜ」と伊達が椅子を回してこちらを向いた。「白坂すみれの絵には、蓄光顔料で何が描いてあったんだろうな」

「なんとなく分かりますよ。絵は、豊原に贈られたものだったんですよね。つまり、恋人に宛てたメッセージということになります。でも、わざわざ蓄光という回りくどい手段を取ったんだから、素直に伝えづらいことだったのは間違いないです。『愛している』とか、『ありがとう』とか、『あなたに会えてよかった』とか、そういう感じのクサい言葉だったんじゃないですか」

「おっと、意外とロマンチックな意見だな」と伊達が笑う。

「意外ってなんですか、意外って。じゃあ、意見を変えます」と愛美が眉根を寄せる。

「『あなたのせいで私は死にます。恨んでいます』だと思います」

「どういう種類のひねくれ方だよ。最初のやつでいいよ、全然」

「なんで上から目線なんですか。伊達さんの意見も聞かせてくださいよ」

「そうだな。恋愛に関わる言葉だった、という意見には俺も同意する。でもな、伝えるのが気恥ずかしいというより、運を天に任せるという意思を感じるんだよな。偶然の要素がなければ、隠しメッセージには気づかないだろうしな。だから、自分の未来を託すようなメッセージだったのかもしれないな。例えば、『これにもし気づいたら、私と結婚してください』とか」

「なんですかそれ。伊達さんの方がよっぽどロマンチストじゃないですか。今後はロマン伊達とお呼びしますね」

「やめてくれ。マジで」と顔をしかめたところで、伊達が北上の方に目を向けた。「どうした、黙り込んで。何か考え事か」

「……いえ、土屋さんが蓄光顔料の存在に気づいた時のことを思い出していたんです。あの時の推理の切れ味には、人間離れした凄み（すご）がありました」

「まあ、確かに。普通はSEMは思いつかないよな」と伊達が顎に手を当てる。「捜査にほとんど関わってなかったのに、北上の説明を聞いただけで謎を解いたんだからな。確かに『科警研のホームズ』って呼ばれてただけのことはあるな」

「労務管理という点ではまるでダメですけどね」と愛美が付け加える。相変わらずの厳しい評価だが、表情や口調は幾分柔らかくなっている。土屋の能力自体は認めているのだろう。

「出雲所長は、土屋さんを科警研に復帰させたいとおっしゃってました。その気持ち、今なら分かる気がします」と北上は言った。

「そうだな。一度見せつけられると、病みつきになりそうな感じはあるな」

「……でも、復帰する気はゼロなんですよね、今のところは。私たちにあの人をなんとかできますかね？」

愛美の素朴な疑問に、「俺はやるぜ」と伊達が答えた。

「所長のあの入れ込みぶりを見れば、成功のリターンはかなり大きいものになるはずだ。希望すれば、科警研入りも夢じゃない」

「相変わらずの前向き思考ですね。北上くんは？」

「……そう、だね。室長には犯罪捜査に関わってほしい」と北上は言った。

不思議だな、と思う。今まで他人のキャリアに関心を持ったことはなかったのに、土屋には犯罪捜査を捨てないでほしいと願ってしまっている。自分の考え方を変えてしまうほどに、あの日、暗闇の中で見た小さな光のインパクトは大きかった、ということなのだろう。

「二人とも同じ意見ってことですか。でも、どうやって土屋さんをその気にさせるつもりですか？　あの人、環境問題の研究に夢中なんですよ」

「犯罪捜査の醍醐味を思い出してもらうしかないだろうな」と伊達が言う。「出雲所長に難題を見つけてきてもらって、で、それを土屋さんに持っていく。簡単には解けないから、真面目に考える。そのうちに、やる気が湧いてくる。そんな感じでどうだ」

「無視されるだけじゃないですか？」

「じゃあ、俺たちが解いて土屋さんに見せつけるんだ。そうすれば、『負けてられない』って気持ちになるはずだ」

「そういうタイプには見えないですけどね。何を見せられてもへらへらしてそう」

「なんだよ、さっきから文句ばっかり言いやがって。不満があるなら兵庫に帰ればいいじゃないか」

「いや、帰りませんよ」と愛美はきっぱりと言い放った。「こんな風に依頼を受けて自分たちだけで仕事を進めるのって、すごく貴重な体験じゃないですか。きっと自分を成長させてくれると思うんです。だから、土屋さんの復帰はともかくとして、最後まで頑張りますよ」

「……なんかこう、ベクトルがバラバラって感じだけど、まあいいか」と伊達が嘆息した。「じゃ、この三人で半年間やってくってことで」

「ちゃんと協力して、ですよ。単独行動はもうやめてくださいね、伊達さん」

「分かったよ。北上も、今度は俺たちを呼んでくれよ。土屋さんの推理を目の前で見てみたいからさ」

「偶然にも左右されそうですが、分かりました。連絡を心掛けます」

「あ、そうだ！」と愛美が手を叩く。「せっかくだし、三人で飲みに行きましょうよ。解決のお祝いと親睦を兼ねて」

「そうだな。じゃ、土屋さんも一応誘うか。たぶん断られると思うけど」

「期待度〇パーセントですね」と愛美が笑う。

二人の間でどんな店にするかの話し合いが始まる。北上は控えめに、「あの」と二人の間に割って入った。「僕も行った方がいいですよね？」

正直、飲み会は好きではない。できれば自宅で休んでいたい、というのが北上の本音だった。

「当たり前だろ」と呆れ顔で伊達が言う。「三人揃わなかったら意味がないだろうが」

「ひょっとして北上くん、アルコールが全然ダメとか？」

「ダメというか、酔うという状態が理解できなくて」と北上は首を振った。「僕はどれだけアルコールを摂取しても、何も変わらない体質なんです。でも、周りの人は顔を赤くして、普段と違う性格になったりしますよね。言葉は通じないし、暴力的になるし……ニホンザルの群れに放り込まれた、みたいな感じがどうにも苦手なんです」

になります」

「なんじゃそりゃ」と伊達が苦笑する。
「伊達さん伊達さん。彼、要注意人物ですよ。飲み放題の店にしないと大変なことに
なります」
「だな。とりあえず、北上の言ってることが本当かどうか確かめようぜ。実は、俺も
酒には強い方なんだ。飲み比べ勝負をやるか」
「それ、面白そうですね。じゃあ私は審判で」
そんな風に、二人は勝手に盛り上がり始めている。
北上の脳裏に、苦い記憶が蘇る。道警に入ったばかりの頃、科捜研の先輩が似たよ
うなことを言って、酒飲み対決をする羽目になった。相当酒に強いという自信があっ
たのだろうが、結果的にその先輩は急性アルコール中毒で病院に緊急搬送され、北上
は悪い意味で周囲から一目置かれる存在になってしまった。
あの悲劇を繰り返すわけにはいかない。
やめておいた方がいいですよ、と北上は忠告した。だが、その言葉は二人の耳には
届かずに、分室の壁に吸い込まれてあえなく消えていった。

第二話　楽園へのナビゲーター

1

大雨の降る中、長門秀嗣は車を路肩に停めた。

助手席側に体を寄せ、左手に建つマンションを車内から見上げる。四階の西の角部屋――四〇一号室の明かりはついている。

長門はその部屋の住人であり、顧客の一人である前沢充に電話をかけた。今夜だけで五回目の発信だった。

呼び出し音は聞こえる。しかし、やはり前沢が電話に出る気配はない。

額から首筋へと、ひとしずくの汗が流れ落ちていく。

やばいな、と長門は声に出さずに呟いた。最悪の事態が起きている可能性が、一秒ごとにどんどんと高まっていた。

腕時計を確認する。すでに時刻は午前〇時を回っていた。この時間、付近の道は空いている。一一九番に通報すれば、十分以内に救急車がやってくるだろう。

ここに来るまでに、何か所かの監視カメラにこの車が映ってしまったはずだ。自分がマンションに到着した時刻は警察に把握されると考えるべきだ。前沢の部屋に入ってから通報までの時間が長いと怪しまれてしまう。偽装工作に許された時間はわずかだ。そのことを心に刻んでから、長門は傘を手に車を降りた。

トランクを開け、プラスチックのケースを二つ取り出す。一方は空だが、もう一方では淡水魚がどこか不安そうに泳いでいる。自身の経営するペットショップから持ってきたものだ。それらを収めたクーラーボックスを持って、長門は車を離れた。

激しく叩きつける雨粒に肩やくるぶしを濡らしながら、マンションの中へと駆け込む。ここにはオートロックはない。部外者が自由に出入りできるマンションに住むこと。特別商品を売る際に、長門が顧客に課した条件の一つだ。

危ない商売に手を染めてから、長門は様々なリスクを考慮するようになった。考えすぎかもしれないと自分でも思っていたが、こうして役に立つ日が来たのだから無駄ではなかったようだ。

エレベーターで四階に上がる。外廊下は斜めに降り込む雨でびしょびしょに濡れていた。傘を開いたまま、長門は四〇一号室の前に立った。

まず、部屋の呼び出しボタンを押す。何度か繰り返すが反応はない。

長門はドアノブに手を伸ばした。鍵が掛かっている。「アレ」を使う時は施錠するなと伝えておいたのだが、前沢はその約束を失念していたようだ。

長門はポケットから合鍵を取り出した。取引を始める前に、前沢に承諾させて作ったものだ。無論、それもリスク管理の一環だった。合鍵の作製は契約時の義務の一つに設定してある。

警察に訊かれたら、「鍵は掛かっていませんでした」と答えればいい。ロックを外し、ゆっくりとドアを引き開けた。

薄暗い廊下に、リビングから漏れる光が筋を作っている。長門は後ろ手にドアを閉めた。耳を澄ませても物音は聞こえない。微かに、降り続く雨音が感じ取れるだけだ。

室内での振る舞いは行きの車の中でシミュレーション済みだ。「客と電話で話していたら、急に声が聞こえなくなった。何かあったのかと思い、見に行くことにした」と警察には話すつもりだ。あくまで長門は、「馴染みの客を心配したペットショップの店主」でしかない。指紋や足跡を残すことは問題ない。

靴を脱ぎ、リビングへと向かう。

ドアを開けた瞬間、床に投げ出された手が見えた。

前沢は背泳ぎのような姿勢で、仰向けに倒れていた。両目と口は大きく開かれ、涙やよだれが流れ落ちた痕が顔にはっきり残っている。

予想はしていたので、それほど大きな衝撃はなかった。念のために呼吸を確かめるが、完全に止まっていた。前沢はすでに事切れていた。

アレは、どこだ……？

低い姿勢のまま、室内を見回す。幸いなことに、前沢を殺した「凶器」はテーブルの下で見つかった。

探し回らずに済むことに安堵したが、気を抜くのはまだ早い。通報してから救急隊員がやってくるまでの間に、隠蔽工作をきっちりやり切らねばならない。

長門は薄手のゴム手袋を嵌めてから、「凶器」を慎重に拾い上げた。

2

「──ごちそうさまでした」

厨房で麺を湯切りしている店主に声を掛け、北上は職場近くのラーメン店をあとにした。

本郷の街は、朝から降り続ける細い雨で白く煙っていた。辺りには湿り気を帯びた生ぬるい空気の壁が立ちふさがっている。冷房の効いた店内にいたせいで、湿気が余計に鬱陶しく感じられる。

少し遅れて、伊達と愛美も外に出てくる。最近、昼は三人で食事をすることが多い。

北上は傘を差し、「ひどい湿気ですね」と顔をしかめた。「ここのところ、ずっと雨が続いてますし、体からカビが生えてきそうです」

「六月の頭ってのは、だいたいこんな感じだけどな。関東じゃ」と伊達が空を見上げる。

「関西も似たようなものだよ。確か、北海道は、梅雨がないんだよね」

ピンクの水玉の折り畳み傘を広げ、愛美が言う。

「そうだね。七月に雨の日が続くことはあるけど、こんなに蒸し蒸しした感じにはならないね」

「そりゃうらやましいな。でもまあ、そんなに嫌がるなよ。研修は半年だから、北上にとってはこれが最初で最後の梅雨かもしれないんだ。地元に帰った時の土産話にでもしたらいいんじゃないか」

「できれば、仕事の成果を土産にしたいですけどね……」と、北上はため息をついた。

北上たちが科警研の本郷分室に配属されて、二カ月が過ぎた。半年間の研修の三分の一が終わったことになる。ところが、研修という名目にもかかわらず、ここひと月ほどは、犯罪捜査に関わるような仕事はできていない。東啓大で分析機器の使い方を練習して時間を潰しているが、成果とはいえないだろう。

変化の少ない毎日は嫌いではない。情報の詰まったサンプルと向き合い続ける日々なら歓迎する。しかし、打ち込めるもののない、無為な日常はあまりに退屈すぎる。

「まあ、憂鬱になるよな」と伊達は苦笑した。「時間を有効活用しようと思って、計算科学の専門書を読んだり、学会やシンポジウムに参加しまくってるけど、目標のない努力ってのは辛いぜ。やる気を出せって方が無茶だよ。なあ、安岡」

「まあ、同意するしかないですよね、残念ですけど」と愛美も頷く。

北上たちが退屈を持て余している元凶は、分室の室長の土屋にある。彼は依然として大学の研究の方に夢中になっており、犯罪捜査に協力しようという姿勢を一切示そうとしない。そのせいだろう。四月に一度あったきり、科警研からの鑑定依頼は途絶えてしまっている。

「仕事、どっかに転がってないかなあ」と愛美が呟く。

「科警研に働きかけて、依頼を回してもらうというのはどうかな」

北上の提案に、「そんなの、とっくにやってるよ」と愛美は口を尖らせた。「週に二、三回は電話してるよ。出雲所長に直談判したいんだけど、なかなか連絡が付かないんだよね」

「……前回の一件で、もう少し俺たちの力をアピールできたらよかったんだけどな」

と伊達が神妙に言う。

彼が悔いているのは、四月に関わった、出雲直々の鑑定依頼のことだ。出雲は土屋の奮起を促し、科警研への復帰を後押しするつもりだったのだろうが、当の本人は面倒臭がって、仕事を北上たちに丸投げしてしまった。

ならば、自分たちの手で――そんな気持ちで、北上たちはサンプルの鑑定を行った。

だが、課題だった犯人の動機を特定するには至らず、最終的には土屋が尻拭いをするような格好になってしまった。

「所長は、私たちに呆れちゃったのかな。報告書へのコメントもなかったし……」

愛美が傘の柄をぎゅっと握り締める。

「──いや、そうでもないらしいぜ」

伊達が歩道の先をすっと指差した。そちらに顔を向けると、分室の入っているビルの前に、きっちりと髪を八：二に整えた、紳士然とした男性の姿があった。科警研所長の出雲だった。

「ご無沙汰しております」と伊達がすかさず彼に駆け寄る。

「ああ、外に出ていたのか。よかったよ、行き違いにならなくて」そう言って、出雲はビルの四階を見上げた。「土屋は来てるかね？」

「いえ、基本的に、こちらに室長が足を運ぶことはありません」と愛美が首を振る。

「相変わらずというわけか。仕方ないな。では、君たちにこれを渡しておこう。前の時のように、君たちから土屋に話をしてやってくれ」

出雲が封筒を差し出す。伊達はそれを受け取り、「鑑定の依頼ですか」と尋ねた。

「ああ。どうにも苦労していてね。土屋に協力してもらおうと考えている」

「僭越（せんえつ）ながら、申し上げます」と愛美が足を踏み出した。「前回の事件が解決してから、ひと月以上が経過しています。私は何度も、そちらとの連絡を取ろうとしました。それにもかかわらず、レスポンスは極めて緩慢です。なぜ、もっと頻繁に依頼を持ってきていただけないのでしょうか？　依頼が来なければ、室長が意欲を取り戻すチャンスも生まれないと思うのですが」

言い方こそ丁寧だったが、愛美の表情は険しく、明確な不服の意が込められていた。

「なんでもかんでも、というわけにはいかない。それぞれの案件に関して、正式な担当者がいる。彼らは充分に優秀だ。普通の鑑定であれば、問題なく対応できる。それなのに彼らを差し置いてこちらに依頼してしまうと、担当者のプライドを傷つけることになる。それは君だって理解できるはずだ」

聞き分けのない子供を諭すような、出雲の柔らかい口調に、愛美が黙り込む。

「それに、簡単な鑑定に土屋が興味を示すとも思えない。困難な案件が現れるまで、これだけの時間がかかったということだ。納得したかね？」

……はい、と愛美が雨音に掻き消されそうな声で返事をした。

「結構だ。細かいことは資料を読んでくれ。土屋と協力して、ぜひとも『真相を解析』してもらいたい。分からない点があれば、事件の捜査担当者に連絡を取るといい。話は通しておこう。では、私はこれで」

出雲は軽く傘を持ち上げてみせてから、駅の方へと歩いていってしまった。

彼の背中が人ごみの中に消えるのを待って、「とりあえず、分室に戻るか」と伊達がビルのガラス扉を開けた。傘を畳み、北上と愛美も中に入る。

狭いエレベーターに乗り込んだところで、「無鉄砲もいいところだ。所長にあんなことを言うなんて」と伊達が呆れ顔で言った。「兵庫に強制送還されたいのか?」

「全然理不尽じゃないでしょ。当然のことをお願いしただけです」

「正論だったら何を口にしてもいいってわけじゃない」

「直接話すチャンスが巡ってきたんですから、遠慮をしている場合じゃないですよ。言うべきことを言わないと」

そこで、エレベーターが四階に到着する。かごを降りたところで、「まあ、言ってくれてスッキリはしたけどな」と伊達が言った。

「でしょ?」と愛美が微笑む。「待ちわびてた仕事が来たんです。さっそく検討してみましょう」

そう言って愛美が廊下を駆けだす。

彼女の背中を見つめながら、北上は胸に手を当てた。心拍数が上がっている。心地のいい緊張感もある。萎えかけていた気力が体に満ちていくのが分かる。

前回の案件では、自らの視野の狭さを思い知らされた。自分の不甲斐なさを思い出し、眠れぬ夜を過ごした日もある。道警の科捜研時代は、仕事でこれほど悔しい思いをしたことはなかった。

今回こそ、自分たちだけで真実を手にしてみせる。出雲に評価されるためでも、土屋を見返すためでもない。自分自身を納得させるために全力を尽くすのだ。

北上はその決意と共に、湿って滑りやすくなった廊下を歩き出した。


その日の夕方、午後五時四十五分。激しい雨が降る中、北上は伊達や愛美と共に東啓大学にやってきた。

帰路を急ぐ学生たちの流れに逆らいながら歩を進め、大講堂の裏手にある理学部一号館にたどり着いた。

畳んだ傘を半透明の傘袋に入れてから、建物に足を踏み入れる。

天井の高い、開放感のある広いロビーを進んでいくと、講堂の入口が開けっ放しになっていた。三百人収容の、階段状の大きな部屋だ。中で、大学の職員がマイクテストをしている。入口脇には、今週の土曜日にここで開かれる講演会のポスターが貼ってあった。昨年の秋に、素粒子関連の発見でノーベル物理学賞を受賞した日本人研究者が話をするようだ。

どれだけ階下が騒がしくなっても、土屋が部屋から出てくることはないだろう。部屋の前を通り過ぎながら、北上はそう思った。午前中に北上たちは土屋に連絡を取った。「科警研から新しい依頼が来たので、相談をしたい」と申し出たら、「あっそう、じゃあ、午後六時に大学に来てよ」と言われてしまった。彼は極度の出不精だ。分室に出向くという発想はないようだ。考えてみれば、四月の最初の挨拶以来、一度も土屋は分室に顔を出していない。

六階でエレベーターを降りて廊下を進んでいくと、男子トイレの手前に土屋の姿があった。黒の長袖のTシャツにチノパン、裸足にサンダル履きといういつもの格好だ。彼はポケットに手を突っ込んだまま、壁に貼られたポスターを見ていた。

「室長。お疲れ様です」

伊達が声を掛けると、ゆっくりと土屋がこちらを向いた。

「あー、ええっと、君らは……」

彼が眉をひそめるのを見て、やっぱり、と北上は思った。関心の薄いことに対する土屋の記憶力は極めて脆弱だ。名前は憶えておらず、かろうじて北上たちの顔を認識できるレベルといったところか。

「科警研の本郷分室の研修生です。午後六時から面会の予定を入れています」と愛美が冷淡な声で説明する。

「ああ、そうだったな」

土屋は軽く頷くと、「ちなみに、君らはこの人を知ってるか？」とポスターを指差した。さっき一階で見た、ノーベル物理学賞受賞者の講演会のものだ。

「ええ、去年、結構大々的に報道されましたから」と伊達が答える。

「そうか。その人がノーベル賞を取ったって、いま初めて知ったよ」

土屋は平然とそんなことを言う。四月なら驚いただろうが、北上はもう何とも思わなかった。土屋はきっと、新聞もテレビも見ない生活を送っているに違いない。

「で、何の用件だっけ」

「出雲所長から、新たな鑑定依頼が来ました」三人を代表して、伊達が言った。「ある事件で、死因の特定が難航しているそうです」

「ふーん、その報告か。ご苦労さん」と呟く土屋の視線はポスターの方に向いている。

「廊下に誰もいないし、ここで話していいよ。手短によろしく」

「ここで？　あの、ちゃんと聞いてもらえませんか」と愛美が一歩前に出る。

「聞くよ、ちゃんと」

「でも、話を聞く姿勢っていうものがあると思うんです」

愛美はさらに土屋に詰め寄ろうとする。北上はやむなく彼女の手首を摑み、「安岡さん。戻って」と待ったを掛けた。つれない対応に苛立つのは分かるが、土屋は怒りが通じる相手ではない。互いに時間の無駄になるだけだ。

愛美は渋々後方に下がり、代わって伊達が「では、私から」と前に出た。説明役は喋りの達者な彼に任せるということで、北上と愛美の間ではコンセンサスが取れている。

「事件が起きたのは、目黒区の碑文谷五丁目にあるマンション〈フォルシア碑文谷〉の四〇一号室です。六月二日の午前〇時過ぎに、この部屋の住人である前沢充が遺体で発見されました。第一発見者は、前沢の知人で、ペットショップ経営者の長門という男です。長門の話によると、『電話中に突然、前沢からの応答が無くなった。心配して駆けつけてみたら、部屋の中で彼が倒れていた』とのことです。すぐさま長門は一一九番通報しており、搬送先の病院で前沢の死亡が確認されました。死亡推定時刻は午後十一時半頃……ちょうど、長門と話していた最中でした」

　そこで言葉を切り、伊達が土屋の様子を窺う。土屋はまだポスターを見ている。

「現在問題となっているのは、前沢の死因の特定です。目立った外傷はなく、病死の一種だと推定されますが、司法解剖の結果、肺血栓塞栓、大動脈解離、急性心筋梗塞、脳出血あるいは脳梗塞といった疾患の痕跡はありませんでした」

「行政解剖じゃなくて司法解剖？　殺人の可能性があるってことか」

「はい。前沢はビジネス誌の編集部に勤める編集者だったのですが、インサイダー取引に関わった疑惑がもたれていました。取材で得た、企業の経営に関する情報を知人に売り、それで金を儲けていたようです。証券取引等監視委員会が捜査に乗り出す直前の突然死ということで、機密が漏れるのを嫌った何者かに殺されたのではと疑われています」

「へえ。ってことはこの鑑定、金融庁の方からのお達しかな。真相解明が急務、ってわけだ。出雲さん、いつの間にかそんな政治的な駆け引きもやるようになったんだな。政治家にでもなる気かねえ」

「というより、純粋に難易度が高い鑑定だったからこそ、室長に頼みたいとお考えになったのではないでしょうか」と北上は感じたままを口にした。

「まあ、事情は別にどうでもいいんだけどさ。とりあえず、今回も君らに任せるよ」

「え、あの、指示はいただけないんでしょうか」

伊達がやや慌てたように尋ねる。

「前もなかなかいい仕事をしてたみたいだし、三人いればなんとかなるだろ。たぶん。じゃ、そういうことで」

土屋はそう言うと、くるりと背を向けて立ち去ってしまった。

「たぶんってなんやねん、たぶんって」腕を組み、呆れたように関西弁で愛美が言う。

「私らには興味ない、って言うてるようなもんやん」

「この前の案件よりは関心を持ってもらえるかと思ったんだけどな」と伊達が嘆息した。「どうする？　また俺たちだけでやるか？」

「やるに決まってますよ。無駄な時間を過ごすのはもううんざりです」と愛美が即答した。「北上くんは？」

「僕も同意見です」

「いい返事、ありがとう。伊達さんもやりましょうよ。今度は最初から力を合わせるってことで」

「分かった。土屋さんが俺たちに嫉妬するくらい、完璧に解決してやろうぜ」

伊達はそう言って、右の拳を左の手のひらにぶつけた。

今度こそ——。

言葉には出さなかったが、北上も静かに闘志を燃やしていた。ちょうど実験に飢えていたところだ。土屋が丸投げしてくれたことに感謝したいくらいだった。

3

出雲からの依頼を受けて一週間が過ぎた、六月十四日。北上は、本郷分室で資料と向き合っていた。

手にしている紙には、四つの化合物の構造と、マウスに対するその効果が印刷されている。どれも、「毒性なし」という評価結果だった。

大きく息を吐き出し、北上は室内を見回した。伊達と愛美はすでに帰宅しており、分室に残っているのは北上だけになっていた。

壁の時計は、午後九時半を指している。三人で議論をしてから、一時間以上が経っていた。それなのに、議論で生じた閉塞感がまだ部屋の中に残っている気がした。

前沢の死因を特定するために、北上たちはまず、彼の遺体から採取した血液を分析することから始めた。

この作業を担当したのは伊達だった。使ったのは、タンデム質量分析計（MS/MS）という分析装置だ。MS/MSは質量分析計を二台直列に繋いだもので、サンプル中の物質の分子量に加え、それらの部分構造の分子量も分かるという特徴がある。小銭の入った財布を渡すと、その総額をカウントすると同時に、硬貨の種類と枚数も教えてくれる機械——大雑把に喩えるなら、そんな風になるだろうか。

その装置を用いて、警視庁の科捜研から送ってもらった血液サンプルを分析したところ、「三位に置換基を持つインドール」という共通の特徴を持つ、四種類の化学物質が含まれていることが判明した。さらに、それらの推定構造をもとにデータベースでの調査を行った結果、いずれもが未知の物質であることが判明した。

この分析結果を受けて、北上たちは『前沢は毒殺されたのではないか』という仮説を立てた。

前沢の血液から見つかった物質は毒か否か。それを調べるには、実際にその物質を動物に投与して毒性を調べればいい。しかし、市販品なら取り寄せれば済むが、未知の物質となると自分で作るしかない。ということで、化学の専門家である北上が、土屋の研究室の施設を借りて合成を行った。幸い、シンプルな構造のものばかりだったため、研究室にあった試薬からの簡単な化学反応で合成は完了した。

毒性評価は愛美の担当だった。彼女はマウスと呼ばれる小型のネズミに、北上の作った物質を投与して、毒性の有無の判定を行った。

血液サンプルの分析。見つかった物質の合成。合成した物質の毒性評価。北上たちはこれらのプロセスを順に進め、今日までにすべてのデータが出ていた。

得られた結果は、「いずれもシロ」というものだった。どれだけ投与量を増やしても、マウスたちはぴんぴんしていた。要するに、仮説の検証に失敗したということである。

失敗の理由はいくつか考えられる。検出した化合物の構造が違っていた、まだ他にも検出できていない物質があった、ヒトとネズミで毒性の強さが違う……。理由は思いつくが、それらを検証するのはかなりの労力と時間が必要になりそうだった。

この方針のまま進めるべきか。気軽に判断を下せない、難しい局面だった。北上たちは議論を重ねたが結論が出ず、「ちょっと考えたい」と言って、伊達や愛美は三十分ほど前に帰宅していた。一人でじっくり問題と向き合い、改めて自分の考えをはっきりさせたいと感じたのだろう。

今後の進め方を決めるヒントがどこかにないか。その一心で、北上はデータの見直しをしていた。

その中で、一つ気づいたことがあった。危険ドラッグとして指定されている薬物の中に、前沢の体内から見つかった物質と似たものが含まれていたのだ。

前沢はまだ世に認知されていない覚醒剤を使っていたのではないか。そして、その副作用によって命を落としたのではないか――。その可能性を北上は思いついた。だが、合成した化合物にはそういった効果は認められていない。今のところは空想の域を出ない説でしかなかった。

「……手詰まり、なのかな」

ぽつりと弱音を漏らした時、北上の腹が情けない音を立てた。

考えてみれば、昼食から何も食べていない。空腹では頭もろくに働かない。北上は食事をとるため、明かりをつけたまま分室をあとにした。

ビルを出て本郷通り方面へと歩き出すと、むわっとした空気が途端にまとわりついてきた。雨は降っていないが、連日の雨が作った水たまりは歩道にも車道にも残っている。それらが蒸発し、我が物顔で地上を漂っているらしかった。

あまり食欲はない。コンビニエンスストアで冷たい麺を買うか、サンドイッチで済ませるか。そんなことを考えながら歩いていた北上は、チェーンの牛丼店の前でふと足を止めた。

　店内に目を向ける。半円状のカウンター席の奥に、土屋の姿があった。ぼんやりと、壁のメニューを眺めている。

　と、そこで土屋がこちらを向いた。目が合うと、「ああ」というように彼は頷いた。素通りしたかったが、気づかれては仕方ない。北上は自動ドアのボタンを押して店内に足を踏み入れると、土屋の元へと歩み寄った。

「お疲れ様です。ここにはよく来られるんですか」

「まあ、たまに、だな。牛丼店はこの近所にいくつもあるけど、同じ店ばっかりだと飽きるだろ。だから、自分なりにローテーションを組んでるんだ」

　そこで土屋のところに丼が運ばれてきた。牛丼の大特盛だった。この店で最大のサイズで、並盛の三倍の量がある。

「すごい量ですね……」

「一日一食だから、一回分はこんなもんだよ」と当然のように答え、土屋は牛丼を食べ始めた。三回に分けるより一度で済ませた方が効率がいい、という考え方らしい。

　北上は並盛を注文し、手元の麦茶を口に運んだ。成り行きで隣に座ったものの、これといった話題がない。どうにも気まずかった。

「そういえば、昨日出雲さんから電話があったよ」箸ではなくスプーンで牛丼を掻き込みながら土屋が言う。「死因の特定はどうなってるって訊かれたから、順調ですって答えたんだけどさ。うまくいってるか？」

「え、いや、その……」

「苦戦してるって感じか。で、君は何をやってんの」

詰問口調ではなく、気安い感じで土屋が尋ねてくる。「あの、外ですので」と北上は周りを気にしながら言った。混んではいないが、店内には十人以上の客がいる。事件に関わる話をするのはさすがにまずい。

「固有名詞を出さなきゃ大丈夫だろ。何の話か分かりっこない。食べ終わるまで聞くから、ざっくり話してみてくれ」

「はあ、そうおっしゃるなら……」

多少気が咎めたが、北上は分析の現状をかいつまんで説明した。

「……というところで、今後の方針を考えている最中なんですが」

ふーん、と呟いて麦茶を飲み、土屋はスプーンを置いた。

「君が作ったやつってさ、代謝物なんじゃないの」

「……え？」

「人間の体には肝臓という器官があり、そこでは代謝という処理がなされている。体に入ってきたものを吸収、あるいは排泄しやすくするためだな。また、毒性のある物質を無毒化したりもする」

小学生を相手にしているような口調で、土屋が丁寧に説明する。

「ええ、そのくらいのことは知っていますが……」

「じゃあ、血中の物質がオリジナルじゃないって可能性も考えてしかるべきだよな」

と言って、土屋は腰を上げた。

さっさと会計を済ませ、土屋は店を出ていった。その背中が雑踏に消えるのを見届け、北上は頭を掻いた。確かに土屋の言う通りだ。北上たちがやったことには、明らかな見落としがあった。

代謝は化学反応そのものだ。体に入ってきた物質の構造を変えてしまう。もし土屋の仮説が正しいのなら、北上たちはオリジナルの物質ではなく、その壊れた破片を追い掛けていたことになる。体内で無毒化されているのだから、マウスに投与しても変化がなくて当然だ。

また、土屋に一本取られてしまったらしい。もともと乏しかった食欲は、完全に萎えていた。北上は大きなため息を落とすと、スマートフォンを取り出し、ＬＩＮＥの研修生用グループトークに新たなメッセージを書き込んだ。

〈鑑定の新たな方向性が見えました。明日の朝イチで検討しましょう〉

4

前沢の血液から検出された物質は代謝物であり、化学反応を受ける前の物質こそが彼を死に至らしめた「真犯人」である――。

土屋の助言をもとに新たに立てた仮説を検証すべく、北上たちは翌日から作業をスタートさせた。

「真犯人」の洗い出しを受け持ったのは伊達だった。

血液サンプルに含まれていた物質の構造から、代謝される前の化学構造を推測するために、伊達は代謝予測アルゴリズムというものを持ち出してきた。これは、コンピューター上で動くプログラムで、代謝物の化学構造式を入力すると元の物質の候補を提示してくれる。代謝で起きる化学反応は盛んに研究されており、データベースも存在する。その情報を参照しながら、コンピューターが自動で予測をしているのだ。

ただ、そういったプログラムは数十万円という価格で販売されており、気安く使うことはできない。そこで愛美が手を挙げた。彼女は製薬企業に勤める大学時代の知人に頼み込み、最新バージョンの代謝予測アルゴリズムにアクセスした。警察に勤める者としてどうだろうかと思わないでもなかったが、「バレなきゃ大丈夫だよ」と愛美は強気なことを言っていた。

いずれにしても、伊達の行った解析により、代謝前のオリジナルの候補物質三点がリストアップされた。

続いて、北上はそれらの物質の合成作業を行った。合成で一番苦労するのは、原料から目的に至るまでの合成ルートの確立だ。今回はすでに、前沢の血中から検出された物質の合成法が完成していたので、あとはそれを応用するだけでよかった。作業はスムーズに進み、三日ですべてを作り終えることができた。

最後の仕上げは愛美が受け持った。北上が合成したものの活性を、前回と同じようにマウスで試験した結果、三点のうちの一つが、顕著な覚醒作用を示した。また、マウスの排泄物や血中から、前沢の体内から見つかったものと同じ代謝物を検出することにも成功した。

この結果から、死因について、次の推論が導かれた。

すなわち、前沢は法規制されていない未知の危険ドラッグを摂取し、過剰な興奮作用により心不全を起こして命を落としたのだ。

六月二十日、水曜日。午前九時過ぎ。本郷三丁目の駅を出た途端、蒸気のような湿っぽい熱風が吹き付けてきて、北上は思わず顔をしかめた。

ここは温泉か、と思わず愚痴りたくなるほどの蒸し暑さ。生まれてからずっと北海道で暮らしてきた北上にとっては、まるで馴染みのない不快さだった。地上へと降り注ぐ強い日差しが、路面の水たまりを次々と蒸発させ、湿度を上昇させているのだ。熱帯の森のような環境を生み出している元凶は、初夏の陽光だった。

思わず引き返したくなるが、これから仕事に向かうのだから、文句を言っていても始まらない。上着を脱ぎ、覚悟を決めて日の下へと歩み出ようとしたところで、「おはよう、北上くん」と声を掛けられた。

振り返ると、そこに出雲所長の姿があった。北上は脱いだ上着を小脇に抱え、「おはようございます」と背筋を伸ばした。

「いやあ、今日は特に蒸し暑い。こんな日はクーラーの効いた部屋でゆっくり本でも読みたいところだが、そうもいかないな」

出雲がうつむきがちに歩き出す。

彼の隣に並び、「電車を使われているんですね」と北上は話し掛けた。

「ああ。公用なら車を出させるんだが、分室関連の移動の時は公共交通機関を使うことにしている。自分なりのルールだな。本郷分室は私のわがままで作らせたものだからな」

なるほど、と北上は相槌（あいづち）を打った。土屋を復帰させたいという想いは、組織の意向というより、出雲の個人的な感情に根差すものなのかもしれない。

「不審死の報告書は読ませてもらった」少し早足で歩きながら、出雲が言った。「実に立派な仕事ぶりだったな」

「ありがとうございます」

「三人で協力してやってるみたいだが、土屋の指示かね？」

「……いえ、自分たちで判断しながらやりました。ただ、行き詰まりかけた時に、室長から助言をいただきました。それがなければ、結果が出るのはもっと遅れたでしょう」

正直にそう答えると、「どんなアドバイスだね？」と訊かれた。牛丼屋で話をしたことは伏せ、北上は土屋とのやり取りを簡単に説明した。

北上の話を聞き、「ふむ」と出雲は呟いた。

「彼がやる気を取り戻しつつあるのかどうか、判断に迷うところだな。単なる気まぐれのようにも思えるし、君たちのことを思っての助言のようにも思える。まあ、いい方向に進んでいると信じるとしよう」

「……そうですね。今日は、室長に会いに来られたんですか」

「いや、安岡くんに呼ばれたんだ。私に話したいことがあるようだ」

自分と同じだった。昨日の夜、愛美から連絡があり、「大事な話があるので、九時半までに分室に顔を出すように」と厳命されていた。どうやら、出雲を同席させる必要があるほどに重要な内容であるらしい。

「どういう用件なのかね」

「すみません、自分は聞いていません」

「そうか。知らないか。まあいいだろう。きっと、また熱い感情をぶつけるつもりなんだろう、彼女は」と出雲はどこか楽しそうに言った。


出雲と共に分室に入ると、すでに伊達と愛美の姿があった。

「おはようございます。ご足労いただき、ありがとうございます」

愛美が一礼し、ガラスのコップに入った麦茶を出雲に差し出す。

そこで伊達が席を立ち、「ちょっと」と北上を廊下に連れ出した。「おい、どうしてお前が出雲さんと一緒なんだよ」

「たまたま駅で一緒になったんです」

「ホントか？　科警研に入れてくれって頼むために、駅で待ち伏せしてたんじゃないだろうな」

「そんなはずないじゃないですか。そもそも、所長がいらっしゃることを知らなかったんですから」

「そうなのか。俺も驚いたよ。分室に来てみたら、『これから出雲所長がおいでになりますので』って言い出すんだよ、安岡のやつ。そういうことは早く言えっつーの」

「所長がいらっしゃるかどうか確証がなかったんじゃないですか」

「だとしても、考えてることを俺たちとも共有すべきだろうが。もしかして、所長へのアピールか……？」

伊達が整えられた眉をひそめた時、「何やってるんですか？　こそこそと」と愛美が廊下に顔を出した。「話を始めたいんですけど」

「……分かった」

不満げな伊達と共に分室に戻る。出雲は土屋の席に座り、うまそうに麦茶を飲んでいた。

彼が麦茶を飲み終わるのを待って、愛美が出雲の前に立った。北上と伊達は彼女の後ろに控える形になった。

「所長。先日の突然死の件、インサイダー取引に絡む殺人の可能性があると最初におっしゃっていました。そちらの捜査状況はいかがでしょうか」

「ああ。そちらはどうやら関係ないらしい。前沢が個人投資家と交流していたのは確かだが、情報を流していたという裏は取れなかったし、彼らが利益を出した銘柄にも一貫性がなかった。たまたま、その投資家たちがうまく儲けただけだったようだ」

「では、自分の意思で服用した薬物によって命を落としたということですね？　以降、ドラッグXと呼称しますが、その薬物の入手ルートは判明したのでしょうか」

「いや、捜査は苦労していると聞いている。前沢の部屋からは未使用のドラッグは見つからなかった。携帯電話の履歴も調べたが、不審な連中との付き合いも確認できていない。あれは、人を死に至らしめるほどの快感をもたらすドラッグだ。一般に広がる前に食い止めたいのだが……」

出雲はそう言って、机の上で手を組み合わせた。

「状況をお話しいただき、ありがとうございました。現状を踏まえ、私から提案があります」

「ほう」と出雲が目を細める。「言ってみなさい」

「ドラッグXの出どころを調べる手伝いをさせてください」と愛美は声に力を込めた。

予想外の一言に、北上は愛美の横顔を覗き込む。彼女の目は真剣そのものだった。

「鑑定が必要なサンプルはもうないようだが……捜査への参加を願い出た理由を聞かせてもらおうか」

「理由は単純です。他に仕事がないからです。室長は私たちを放置しています」

隣で伊達が顔をしかめるのが見えた。そんなにぶっちゃけていいのか、と思ったに違いない。

出雲は目を伏せ、小さく首を振った。

「電話をしても要領を得ない返事ばかりだからそうかもしれないとは思っていたが……君たちの活躍を目にしても、土屋の態度は変わらないか」

「ええ、まったく」と愛美が即答する。

「土屋は、昔からそうなんだ」と出雲は苦笑した。「一つのことにしか集中できない代わりに、興味のある対象については全身全霊で取り組もうとする。彼が科警研にいた頃は、証拠品の鑑定や新たな分析手法の開発に携わる傍ら、関わった事件の解決に向けて、捜査員に遠慮なく助言をしていた。時には現場に乗り込み、鑑識まがいの行動をすることもあったな。それは明らかな越権行為であり、苦言を呈する人間も少なくなかった。土屋は明らかにアウトサイダーだった。一般的に、シャーロック・ホームズは変人だと認知されているだろう。『科警研のホームズ』というあだ名には、彼を揶揄する意味合いもあったのではないかと思う。だが、彼はそんなことはまるで気にも留めずに、やりたいように振る舞っていたよ。もちろん、無茶をやっただけ成果は出していたが……」

「今はその興味の対象が、環境科学に移っているわけですね」

「そういうことだ。だから、君たちを通じて犯罪捜査への協力を促し、こちらに引き戻そうとしているわけだ」

「今のところ、効果は薄いようです。もっと強引なやり方が必要でしょう。興味を持ってもらえるような、困難な課題を突き付けるべきではないでしょうか。そして、今回の案件はそれに適しているように思います」

「だから、引き続き捜査に関わりたいと」

「そのように考えています」

「し、しかし」と伊達が横から口を挟んだ。「本件の捜査は、碑文谷署の刑事・組織犯罪対策課が担当しています。科警研の職員がそこに関わることは、越権行為になりかねないのではないでしょうか」

「君の言う通りだ。だが、それはあくまで組織上の問題だ。解決できないほどの障害ではない。それよりも、安岡くんの提案を優先したいと私は感じた。この件に関して、君たちが自由に動けるように手を打とう」

「ありがとうございます」

愛美が深々と頭を下げる。

伊達と北上をちらりと見て、出雲は「では、力を合わせて頑張ってくれ」の一言と共に部屋を出ていった。

「……お前、また勝手なことを」と伊達がうんざり顔で言う。

「伊達さんは気にならないんですか、事件の真相が」

「そういうことを言ってるんじゃない。リスクを冒してまで捜査に加わることはないだろうが。俺たちの立場が危うくなるぞ」

「さっきの私の説明を聞いてなかったんですか？　室長の意欲を高めるためです。あの人を現場に戻せれば、伊達さんの科警研入りも近づきますよ」

「殺し文句のつもりか？　悪いが、やり方ってもんがある。もし出雲所長の評価が上がっても、他のお偉方から疎まれたら意味がない。警察ってのは厳格な縦割り組織だ。他の部署の仕事への手出しなんて、一番やっちゃいけないことだぞ」

「そんな常識に縛られてたら、ずっと暇な時間を過ごすことになるんですよ！　何のための研修なんですか、これは！」

愛美はそう怒鳴って、土屋の机に手のひらを叩きつけた。

衝突音の残響が消え、分室に気まずい沈黙が訪れる。

伊達は嘆息し、首を横に振った。

「悪いが、俺は手を貸せない。理由はさっき言った通りだ。リスクが大きすぎる」

「別に構いませんよ。暇を許容できるならどうぞご自由に」

「忠告はしたからな。どうなっても知らないぞ」そこで、伊達がこちらを向いた。「北上は意見はないのか」

「ああ、いや、あっけに取られてました」

「のんきなことを言ってる場合かよ。で、お前はどうすんだ」

愛美と伊達を見比べ、北上は小さく頭を下げた。

「すみません、今回は安岡さんには協力できません。室長のことはともかく、警察という組織の秩序を壊すところまでは踏み込めません。前回は、鑑定依頼があったので、全力を出して調査に当たることには違和感はありませんでした。しかし、今回はもう、僕たちの役目は終わっています。捜査担当者からの協力要請がない以上、やはり越権行為になると思います」

北上は素直な自分の気持ちを口にした。二人を和解させるような、都合のいい仲裁案が思いつかなかったからだ。

「これで二対一だ。多数決を採るか？」

「その必要はないです」愛美は凜として言い切った。「私一人でやります」

彼女は自分のカバンを手に取ると、くるりと体を翻して分室を出ていった。

「……新たな拠点を作る必要があるな」伊達がげんなりした様子で言う。「ここには居づらくなりそうだ。近くにいると気を遣うだろ、お互いに」

「まあ、そうですね……」

北上は嘆息し、自分の席に座った。

三人で協力してやっていくと決めたのが四月の終わりだ。あれからまだふた月も経っていないのに、早くもその体制が破綻してしまった。

愛美の言い分も分かるが、さすがに強引すぎる。どうにかして、彼女を思いとどまらせる方法はないだろうか。

北上はしばらくそのことを考えたが、名案が浮かぶ気配はまるでなかった。仲裁など経験したこともない自分には到底無理だろうな、と諦めるしかなかった。

5

翌日、午前十時過ぎ。愛美は一人、目黒区へとやってきた。

東急東横線の都立大学駅を出て、目黒通りを歩いていく。昨日は蒸し暑くて仕方なかったが、今日は一転して爽やかな風が吹いている。澄み渡った空を見ていると、このまま季節が止まってしまえばいいのにと思わずにはいられない。

高さの揃った、クローンのようにそっくりな街路樹が並ぶ通りを五分ほど進むと、やがて目的地である碑文谷警察署が見えてきた。七階建てで、「えっ」と思うほど外壁が汚い。塗装が剝げているのか、それともあえてまだら模様にしているのか分からなかったが、その外観は爆撃を受けた建物を愛美に想起させた。

正面から中に入り、受付へと向かう。来意を告げると、二階に上がるように指示された。

廊下を進み、突き当たりの階段を上がっていく。一段上がるたびに、少しずつ鼓動が速くなるのを愛美は感じていた。これから、前沢の事件を捜査している担当者に会う。出雲の口利きがあるとはいえ、越権行為をしているのは事実だ。どんな対応をされるかと考えると、否(いや)が応でも緊張が高まっていく。

二階にたどり着き、角を曲がったところに、刑事・組織犯罪対策課の事務室があった。覗き込んでみると、手前の席にいた男性が「あ」と呟いて腰を上げた。年齢は自分とさほど変わらないだろう。フレームレスの眼鏡を掛けていて、肌が白い。刑事とは思えないほど柔和な顔つきをしている。

「ええと、科警研の方ですか？」

「はい、本郷分室の安岡と申します」

「どうもどうも。例の不審死の捜査を担当している、二宮(にのみや)です」

「二宮さんお一人で捜査を？」

「いえいえ、まさかまさか。四人のチームでやってますよ」と二宮は首を振る。同じ言葉を二回繰り返す癖があるようだ。

彼に案内され、同じ階の会議室へと移動する。席につくなり、「鑑定作業、そちらの分室で担当されたんですよね。ありがとうございました」と二宮が礼を口にした。

「それが仕事ですので」

「おかげで、危険なドラッグの存在に気づくことができました。科警研の方に依頼しなかったら、うっかり見逃していたでしょうね。うんうん」と二宮が神妙に言う。「完璧な仕事をされたと思うのですが、まだ調べ足りないことがあるそうで……？」

「殺人である可能性は薄くなったと聞いていますが、事件が終わったわけではありません。鑑定という形で関わった以上、最後まで責任をもって本件と向き合うべきだと考えています」

「なるほどなるほど。そうですか、それは実に立派な信念ですね」

腕を組み、小刻みに頷く二宮の表情に、こちらを煙たがっている気配はない。科警研の看板に気を遣って演技をしているのだろうか。「……あの、私のやろうとしていることをどう思われますか」と愛美は尋ねた。

「え？　いや、だから立派だと……」

「越権行為だと思いませんでしたか？」

「あー、まあまあ、言われてみればそうですかねえ。でも、捜査会議で方針を主張したわけでも、僕たちに指示を出したわけでもないですからね。別にいいんじゃないですか、現場を見るくらいは」

愛美は口元が緩みそうになるのを我慢した。伊達や北上がこの場にいたら、思いっきりドヤ顔をしていただろう。「見てみぃ！」と言いたい気分だった。警察は確かに縦割り組織だが、部署間の連携までもを否定しているわけではないのだ。

愛美は頬の筋肉に力を入れ、「事件のことを伺わせてください」と切り出した。「亡くなった前沢氏には、薬物関連の犯罪歴はないんでしょうか」

「経歴は綺麗ですよ。周囲の人間に話を聞いていますが、ヤクをやってたって噂は一切出てませんね」

「前沢氏はドラッグをどのように摂取したのでしょうか」

「口からでしょうね。舌の裏に炎症があったので、そこから体内に取り込んでいたものと思われます。いわゆる舌下錠です。体に注射痕はなかったです」

「固形物だとしたら、部屋の中に包装紙などが残っているのでは？」

「なかったですね、そういうものは。服用したらすぐに処分してたんじゃないですか。トイレに流すとか」

「ちなみに、室内のどこを調べられたのでしょうか？」

「一般的にヤクを隠す場所はしっかり見ました。引き出しや収納は当然として、家具の裏側、ベッドの下、エアコンの中、トイレのタンク、本棚の本……調べられるところは調べきりましたよ」

「そうですか」

いや、まだ充分ではない、と愛美は思った。二宮たちはあくまで人の目で確かめたにすぎない。

バッグに手を差し入れ、持参した容器に触れる。秘密兵器を持ってきて正解だったようだ。

「すみませんが、現場に案内していただけませんか」と愛美は立ち上がった。「試してみたいことがあります」

前沢が住んでいたフォルシア碑文谷は、碑文谷警察署から北に二百メートルほどのところにあった。環七通りに面した六階建てで、壁は冬の青空のような淡い水色をしていた。

二宮と共に正面入口から中に入る。オートロックではないので、誰でも自由に出入りできる。

エレベーターに乗り、四階で降りる。外廊下は初夏の日差しが降り注いでいて明るい。手摺り(てすり)の向こうには、密集する民家の色とりどりの屋根が見えた。まるでモザイク画のようだ。

外廊下を進み、四〇一号室にやってきた。いわゆる1LKで、リビングと寝室が分かれている形だ。廊下の右手に小さなキッチンがあり、冷蔵庫がシンクの横に置かれている。左手にはユニットバスに繋がる戸が見える。

「遺族の方にお願いして、現場はほぼほぼ事件当時のまま保存してもらってます」

「それなら、痕跡が残っている可能性はありますね。そういえば、事件当夜はドアの鍵は開いていたそうですね」

「ええ、第一発見者の長門さんがそう証言してますね」

「変だと思いませんか」と愛美は言った。その点については、資料を読んだ時から違和感があった。ドラッグの服用という、大っぴらにはできない行為に耽るのだから、普通の心理状態としては鍵を掛けたくなるはずだ。

「最初は施錠していて、体調不良を感じた時に開けたとか」

「それなら、そのまま隣人にでも助けを求めるはずでしょう。ところが彼は外には出ず、部屋で亡くなっています」

「大したことはないと思い直したんじゃないですか。誰かに助けてもらおうと思ったけど、やっぱり恥ずかしくなって中で休むことにしたとか」

「そうでしょうか……」

釈然としないが、ここで議論していても答えは出ない。靴を脱いで上がり、リビングに入った。

部屋の広さは十帖ほど。ソファーやテーブル、本棚などが整然と配置されている。

死んだ前沢は几帳面な性格だったようだ。

　室内を見回していた愛美は、木製のキャビネットの上に置かれた水槽に目を留めた。横幅は五〇センチ、奥行きは三〇センチくらいだろう。アクリル製で、透明な水に満たされている。ろ過装置の付いた蓋があり、底には緑の草が敷かれ、大きな木の枝やこぶし大の岩が配されている。

　そちらに近づき、水槽の中を覗き込む。水は綺麗だったが、角度を変えて観察しても魚の姿は見つけられなかった。

「二宮さん、これは？」

「見ての通り、水槽です。淡水魚が何匹かいたんですが、前沢氏が亡くなった翌日には全滅してしまいました。飼い主と共に天国へ行ってしまったみたいですね」

「ちなみに、その魚はどうされたんでしょうか」

「大家さんが捨ててましたよ。部屋が臭くなると困るからと」

「……そうですか」と愛美は唇に指を当てた。軽率な対応だったのではないか、という気がした。証拠品かどうかを、見た目や印象だけで決めてしまうのは危険だ。無駄骨に終わる可能性が高いとしても、ひと通り分析してから判断すべきだろう。

　とはいえ、今更言っても仕方のないことだ。愛美は気持ちを切り替え、バッグからゴム手袋と霧吹きを取り出した。

「それはなんですか？」と二宮が怪訝な顔をする。

「この霧吹きには、特定の化学構造に反応して色が変わる液体が入っています」

「特定の……それってひょっとして」

「ええ。例のドラッグです。この部屋にあるはずの痕跡を探します」

愛美はゴム手袋を手に嵌め、霧吹きでテーブルに溶液を噴き掛けた。

「ちょ、ちょっとちょっと！」

慌てて二宮が腕を摑んでくる。愛美は「何か？」と彼を睨んでみせた。

「いやいや、ダメですよそれは、現場に液体を振り撒くなんて」

「あとで拭き取りますし、揮発性の高いものですから、時間が経てば蒸発してなくなります」

「そういう問題じゃないんです」と二宮が眉毛を八の字にする。

「鑑識作業はすでに終わっているんですよね」

「それはそうですけど……いくら科警研の方とはいえ、せめて鑑識に話を通してもらうか、彼らの立ち会いの下で作業をしてもらわないと……」

「作業の許可は出ていると認識しています。クレームは科警研の出雲所長までお願いします」

愛美はぴしゃりとそう言うと、困惑顔の二宮を無視して、溶液を室内のあちこちに噴霧して回った。

やりすぎているという認識はあった。もっと穏和な方法もあっただろう。それでも、今は全力で突っ走るしかないと愛美は感じていた。

姫路の実家の父親から電話があったのは、三日前のことだった。病院で検査を行ったところ、母親の肺から腫瘍の転移が発見されたため、近いうちに手術を行うという連絡だった。

今年の二月。愛美の母が乳癌に冒されていることが分かった。ステージ後期で腫瘍もかなり肥大していたため、すぐに手術が行われることになった。

愛美はその事実を知り、すでに決まっていた科警研の分室での研修を辞退するつもりでいた。手術のあとは放射線治療や抗癌剤治療が行われる。治療そのものの大変さもあるし、本当に治るだろうかという不安もあるだろう。そんな大事な時期に、地元を離れて一人で東京に行くことには抵抗があったからだ。

だが、母親は「それはもったいないよ」と言って、愛美の研修への参加を望んだ。せっかくの成長の機会を逃すべきではない、というのが彼女の意見だった。愛美は悩んだ末、母の気持ちを尊重して東京行きを決めた。

愛美は、母が驚くくらいの成長をして兵庫に戻ろうと誓っていた。それなのに、東京で待っていたのは、呆れるほど退屈な時間ばかりだった。こうして事件に関わるチャンスを得た以上、それを最大限に活かさない手はない。癌と闘っている母のためにも、全力を尽くす。愛美は改めてそう心に決めたのだった。

反応が出るまで数分かかる。母の病状を思いながら待っていると、フローリングの一部にほのかな紫色が現れた。

その場に屈み、写真を撮りながら様子を観察する。浮かび上がってきたのは、指の先ほどの小さな点だった。一つではなく複数あり、いずれも角が丸みを帯びた正三角形をしている。

紫の点は二センチほどの間隔を開けて直線状に続いたあと、途中で途切れていた。もしまっすぐに続いていれば、テーブルの脚の辺りまで延びていたはずだ。

浮き出た紫色の物質を綿棒で拭い取り、試験管に入れる。分析すれば、おそらく前沢が服用したドラッグXが検出されるはずだ。

その後、室内の他の場所も確認したが、試薬に反応して変色した箇所はなかった。

視線を感じて振り返ると、二宮は腕を組み、部屋の隅から愛美をじっと見ていた。その眼差しには、はっきりとした嫌悪感が込められていた。

科警研にいた頃、土屋は遠慮なく捜査に口出ししていたという。彼も、こんな視線を向けられていたのだろうか。そんなことを考えながら、愛美は試薬の拭き取り作業に取り掛かった。

6

六月二十三日、土曜日。北上は午後三時過ぎに、都営大江戸線の森下駅へとやってきた。伊達から、「折り入って話がある」と呼び出されたからだった。

改札を抜けると、柱の陰から伊達が姿を見せた。

「よう、悪いな、呼びつけちまって」

「いえ、いいんですけど……どうしてここなんですか？」

北上は辺りを見回した。昼下がりのコンコースに人影はほとんど見当たらない。

「自宅の最寄り駅だからだよ。これから俺の家に来てくれるか」

「安岡さんは？」

「来ねえよ。あいつに聞かれたくないから、わざわざこんなところに呼んだんだよ。分室や東啓大じゃあ、誰が近くにいるか分からないからな」

「はあ……じゃあ、お邪魔させてもらいます。すみません、何かお土産でも持ってくればよかったですね」

「飲み食いしながら楽しく、って感じの話じゃないぜ」

伊達はそう言って出口へと歩き出した。

地上に出ると、むっとした熱風が吹き付けてきた。湿り気を帯びた、排気ガスの臭いのする空気だった。

「割と涼しいだろ。すぐそこに隅田川が流れてるんだ」

「いやあ……僕にはどうにも厳しいです」と北上は正直に言った。今日はうんざりするほど晴れている。日中の最高気温は三〇℃を超えるらしい。

「そんなんじゃ、この先やっていけないぜ。いいかげん東京に慣れないとな」

「……善処します」

そんなやり取りをしながら五分ほど歩くと、真新しい七階建てのマンションに到着した。

「ここの二階だ。新築の割には安いんだ」

得意げに話す伊達と共にマンションに入り、彼の住む部屋へと向かう。

ドアを開けると、伐ったばかりの木材を連想させる、爽やかな香りが漂ってきた。芳香剤を置いているらしい。

案内された部屋は八帖ほどの広さがあった。右奥にパイプベッド、左手に引き出しのないシンプルなパソコンデスクとキャスター付きの椅子が置いてあるだけの、殺風景な部屋だった。

「物が少ないですね。服はどうしてるんですか」

「隣にウォークインクローゼットがあって、全部そこに置いてある」

「食事をするテーブルは……」

「あー、俺は基本的に外食だからな」と伊達。

「テレビも本も見当たらないですが……」

「テレビはパソコンで見られる。地震が怖いから本棚は置いてない。必要な本は電子書籍で読むことにしてるんだ」伊達はそう説明して、ベッドに腰を下ろした。「ろくなもてなしもできなくて悪いな。そこの椅子にでも座ってくれ」

「では、失礼して……」

座ってみると、腰がぐっと包み込まれるようなクッション性があった。肘掛けの幅が広く、ヘッドレストはふかふかで柔らかい。かなり高級な椅子のようだ。

その感覚を味わいながら、「話というのは」と北上は尋ねた。

「安岡のことだよ」と伊達は足を組んだ。「騒動のことは聞いたか？」

「いえ、僕は何も……」

「そうか。あいつな、死んだ前沢の家に上がり込んで、ドラッグXを検出する薬剤を噴霧したらしい。碑文谷署の鑑識の許可を得ずに、だぜ」

「それは……まずいですよね？」

「暴走もいいところだよ。事件の担当者はブチ切れてたみたいだ」と伊達が肩をすくめる。「出雲さんがかろうじて収めたらしいが、普通なら停職もんだろうな」

「それだけ、事件解決に対する熱意が強いってことなんですね」

「というより、研修生としての義務感からだろうな。兵庫県警の科捜研の知り合いに訊いたんだが、どうも、あいつの身内に重病の人間がいるらしい」と伊達は言った。

「その人のために頑張ろう、って気持ちが前面に出すぎたんだな、たぶん」

「そうだったんですか……」出雲に強く当たった理由が分かり、北上は少しほっとした。彼女の暴走には理由があったのだ。「僕たちはどうすればいいんでしょうか」

「どうもこうも。今まで通りに見守るしかないだろ」

「彼女に協力すべきじゃないですか？」

「むしろその逆だよ。お前にこの話をしたのは、暴走に巻き込まれるなよ、って警告するためだ。あいつは個人的な理由で動いてる。それに引っ張られて俺たちまで疎まれることはないだろ」

「……それは確かにそうですが……」

「……納得いかない、って顔だな」

北上は目を伏せ、小さく頷いた。

「僕は、他人のことは気にならないタイプの人間だと自覚しています。周りから冷たいと言われたこともあります。正直に言えば、サンプルの分析作業に集中できる環境が整ってさえいれば、それで充分なんです。でも、今の話を聞いて、安岡さんを応援したいと思ってしまいました」

「同情か？　それとも恋愛感情か」

「……敬意、というのが近いかもしれません」と北上は答えた。それが一番しっくり来るような気がした。「安岡さんは僕たちに何も事情を話しませんでした。言い訳はせずにやるべきことをやるというその覚悟は、尊敬に値すると思うんです」

「なるほど、感化されたわけか」と伊達はため息をついた。「お前を味方に引き込むつもりだったが、完全に読み違いだったよ。隠しておいた方がよかったな」

「……伊達さんは、違う意見ですか」

「そりゃもちろん、あいつのことを立派だとは思う。だけど、俺にも譲れないものはある。安岡のやってることは、科警研入りのマイナスにしかならないと俺は思ってる。だから、あいつに手を貸すつもりはない」

　ベッドから腰を上げ、伊達は部屋のドアを開けた。

「話はこれで終わりだ。どう判断するかは任せるよ。好きなようにすればいい」

　伊達の口調は穏やかだったが、言葉の端々に、決意を匂わせる冷徹な響きが込められていた。

「……貴重な情報、ありがとうございました。家に帰って、よく考えてみます」

北上は伊達に一礼し、彼の部屋をあとにした。

7

週明け、月曜日。午前九時ちょうどに分室に顔を出すと、そこには愛美の姿があった。

北上を見て、「あ、おはよう」と彼女が笑みを浮かべた。

「おはよう。今日は大学じゃないんだ」

「うん。先週得られた結果を、二人とディスカッションしたいと思って。嫌じゃなければ、だけど」

「……僕は別にいいよ。伊達さんももうすぐ来ると思うから、待ってようか」

北上はそう言って自分の席に座った。

彼女の置かれた状況を知り、北上は迷っていた。愛美のサポートに回りたい気持ちはあるが、そうしてしまうと伊達との決裂が決定的なものになってしまう。分室の雰囲気が悪くなるのは避けたいが、うまく共存してやっていく方法が見えてこない。どうするのがベストなのかあれこれ考えてみたものの、結論はまだ出ていなかった。

愛美の様子をちらちらと窺っていると、伊達が分室にやってきた。

伊達は愛美を見て、「お、いたのか。おはよう」と普段通りの表情で挨拶をした。彼女の事情を知っている気配は微塵も感じられない。

調査状況について話し合いたいという愛美の申し出を、「俺も別にいいぜ」と伊達はあっさりと受け入れた。

椅子を動かし、三人で車座になる。愛美はコピーした資料を北上たちに手渡し、「では」と居住まいを正した。

「先週の木曜日に、亡くなった前沢氏の部屋を訪ね、室内の調査を行いました。ドラッグXに反応する試薬を噴霧したところ、床の上に明確な反応が見られました」

資料には写真が添付されていた。フローリングの上に、紫色の点がちょんちょんと並んでいる。

「この物質を分析したところ、確かにドラッグXが検出されました。前沢氏の倒れていた位置からすると、彼の口からこぼれたものが転がって床に付着したと考えられます。これは、ドラッグを舌下から摂取したという推測とも一致していますね」

「それは例えば、飴とか錠剤とか、そういうもの？」

北上の問いに、「そうだね。ドラッグ以外の成分は検出されてないから特定はできないけど、大きさ的には似たようなものだと思う」と愛美が頷いた。

「だけど、警察の捜査ではそういうものは見つかってないな」と伊達。

「ええ。そもそも、床の上にはドラッグXを拭き取った形跡が残ってますからね。何者かがドラッグを回収し、その痕跡を隠そうとしたのは明らかです。そして、それができたのは――」

「第一発見者の長門がやったんだろうな」と伊達が先回りして言った。「あの男が怪しいって考えてるんだな」

「それしかありえません。長門は前沢氏からの連絡を受けて駆け付け、一一九番に通報する前に隠蔽工作を行ったんです」

「なぜなら、長門こそがドラッグXの供給者だったから……って論法だな。だけど、そこで捜査は行き詰まってる……。違うか？」

愛美は視線を足元に落とし、「……その通りです」と唇をぐっと結んだ。「碑文谷署の方でも、彼についてかなり綿密に調べを行ったそうです。しかし、ドラッグの入手や販売に関わっていたという証拠は見つかってないんですよ」

「じゃ、そこまで捜査に進展はないってことか」

「だから、三人で話し合いたいんです。ドラッグXと長門との繋がりをどうやって明らかにするか。そこが問題です。何か意見はありませんか」

愛美に熱い視線を向けられ、「長門の自宅やペットショップを徹底的に捜索する、とかかな」と北上は思いつきを口にした。

「令状は出ないから任意になるぜ。相手も準備するだろうし、何も出ない可能性の方が高いんじゃないか」と伊達が冷静に指摘する。

「長門の顔馴染みの客を調べてみませんか」と愛美。「もし彼が売人なら、他にもドラッグXを持ってる人間がいますよ、きっと」

「それも同じだよ。任意になるし、準備の時間もある。うまく隠されるだろう」

「抜き打ちでやるという手もあります」

「ありえない」伊達は愛美の提案をばっさりと切り捨てた。「俺たちに捜査権限はないんだ。そんなことをすれば、長門の尻尾を摑む前にこっちが職を失うことになる」

「まあ、それはそうかもしれないですけど……」

「もし長門がドラッグXを流している大本だとすれば、一つ不思議なことがある。長門はどこでそれを手に入れたのか、って疑問だ。そこを徹底的に洗うのが確実なんじゃないかと思う。ただ、今回の前沢の死で、長門が危ないビジネスから手を引いた可能性もある。そうなると、残念だが事件はお蔵入りってことになるな」

「そんな、せっかくここまで捜査が進んでるのに……」

愛美が悔しそうに呟いた時、突然分室のドアが開き、土屋が部屋に入ってきた。例のごとく、長袖Tシャツとチノパンというラフな格好だ。

北上と愛美はすぐには反応できなかったが、伊達がいち早く立ち上がり、「おはようございます」と会釈をした。

土屋は「ああ」とおざなりに返事をして、頭を掻きながら室内を見回した。

「あー、安岡ってのは誰だっけ」

「……安岡は私ですが」と愛美が腰を浮かす。

「さっき、出雲さんから連絡があってな。碑文谷署から科警研の方にクレームが来てるらしいんだ。安岡って職員が、越権行為をしたとかなんとか。それで、様子を見て来いって言われたんだが……本当か？」

「……それは」と愛美がうつむく。「自分としては真相に近づくために必要な行動を取っただけです。ただ、そういう風に相手に受け取られても仕方ないとは思います」

「そっか。まあ、じゃあこれからは気をつけるように」

「あの、謹慎処分とか、そういうのはあるんでしょうか」

「さあ？　俺が決めることじゃないし、よく分からないな。今のところは何も言われてないから大丈夫じゃないか。とりあえず注意はしたから、それでいいだろ」

声を荒らげることもなくあっさりと言い、土屋はくるりと背を向けて部屋を出ていこうとする。

「あの！」

その背中に向かって、愛美が声を掛けた。

「ん？　どうした？」

「この事件に関する室長の見解を伺えませんか」

「悪いけど、やりたい実験があるんだ。またそのうちな」

「そのうちじゃ困るんです！」と愛美が大声で言い返す。「私はこの研修中に、大きく成長したいんです。科捜研の同僚はもちろん、科学を知らない身内が見ても分かるくらいに変わりたいんです！」

愛美の語尾は震えていた。彼女は深呼吸を挟んで続ける。

「科警研時代に、室長がとても高い評価を受けていたと伺いました。誰からも一目置かれるような成果を出し続けていたんですよね？　その頃のノウハウとか、科学捜査に挑む心境とか、そういうものを私たちに伝授してください。お願いします！」

愛美はひと息に言い切って、首の後ろの肌が見えるほど深々と一礼した。

「……と言われても、言葉で教えられるようなもんじゃないが」

二人の間に沈黙が落ちる。愛美が頭を上げる気配はない。いたたまれなくなり、「あの、室長」と北上は口を開いた。

「言葉では伝わらないのであれば、行動で示していただけませんか」

「行動っていうと、具体的にはどうするんだ？」

「時々分室に顔を出して、僕たちと話してもらえるだけで構いません」

「そんなんでいいのか？　じゃあ、まあ分かった。とりあえず話を聞こうか。途中まで
では前に聞いたから、続きを手短に頼む」

土屋はそう言って、長い間使っていなかった自分の席に腰を下ろした。

「じゃあ……」

伊達がそちらに足を踏み出したところで、すっと愛美が前に出た。

「私が説明します」

伊達が肩をすくめ、再び椅子に腰を下ろす。北上は立ったまま成り行きを見守ることにした。

愛美がこれまでに判明したことを丁寧に解説する。土屋は顎を撫でながら、愛美の作った資料を眺めていた。

「——現状についての説明は以上になります。……いかがでしょうか」

「前に話を聞いた時より面白そうになってるな、この事件」

土屋は席を立つと、部屋の壁沿いをぐるりと一周して自分の机まで戻ってきた。

「不審な死に方をした部屋から、ドラッグの痕跡を見つけた。それを調べてみたが、どうも飴や錠剤ではなさそうだ。そこで終わりにするのはもったいないな。じゃあ何なのか？　そこまで深掘りすべきだ」

「具体的にはどうされますか」と愛美が尋ねる。その表情は真剣だ。

「第一発見者は、ペットショップの店長なんだよな。どんな動物を扱ってる？」

「小型の齧歯類、熱帯魚や淡水魚、両生類や爬虫類といったものを中心に販売しているようです。犬や猫なんかの哺乳類は対象外です」と、すかさず伊達が回答する。

「なるほど……」土屋は机の上のボールペンを手に取ると、資料の写真を見ながら、机の上のメモ用紙に小さな丸をいくつか描いた。「ドラッグの付着位置はこんな感じか」

　土屋のすぐそばまで近寄り、メモを確認して「はい、そうです」と愛美が頷く。

「間隔は二センチで、死んだ男の舌には炎症、か」そこで、土屋の目がぐっと鋭さを増した。「そういえば、この水槽で魚が死んでたって言ってたな。妙だと思わないか」

　土屋が北上たちを見回す。視線がぶつかったところで、「あの」と北上は小さく手を挙げた。「確かに、少し違和感はあります」

「違和感について説明できるか？」

「……そうですね。僕の実家で金魚を飼っているんですが、まったく水槽の手入れをしていないのに、もう五年以上も生きてるんです。魚は生命力が高いんだという印象を持っていたので、それで違和感があったんだと思います」

「まさにその点が俺も引っ掛かった」と土屋がボールペンでこめかみを掻く。「大きな水槽で魚を飼っていたなら、多少放置しても死なないような環境が出来上がっていたはずだ。それなのに、一晩で魚は全滅していた。それが意味するところは？」

再び土屋が室内を見回す。

「突然環境が変わり、それに適応できなかった――。つまり、死んだ前沢が飼っていた生物をごまかすために、第一発見者の長門が水槽に魚を入れた……ということではないでしょうか」

そう答えたのは伊達だった。

「その方向で推理することは飛躍ではないはずだ。ペットショップの店長は、男から連絡を受けた時点で最悪の事態を想定し、偽装の準備をしていたんだ」

土屋はボールペンで机をカツンと叩き、再び壁沿いを歩き始めた。

「じゃあ、元々は何を水槽で飼っていたのか。次にそんな疑問が出てくるだろう。答えを得るために、どんな行動を取る？」

ボールペンが愛美にぱっと向けられる。彼女は間髪をいれずに、「遺伝子を調べます」と答えた。

「具体的には？」

「水槽内から採取したＤＮＡを増幅させて、遺伝子の配列解析を行います。そして、データベースを確認し、それが何の生き物かを特定します」

「それがシンプルかつ効率的な方法だろうな。床に付着したドラッグも一緒に調べておくことが重要になる。あくまで予想だが、両方から同じ遺伝子が発見されるはずだ」

土屋はそう言い放つと、急に表情を緩めて頭を掻きむしった。

「いかんいかん、つい学生を相手に議論する時のようになってしまった。……とりあえずの方向性は出たようだな。じゃあ、俺はこれで」

土屋はボールペンを机の上に放り投げ、軽く手を上げて部屋を出ていった。

ドアが閉まると、北上たちは同時にため息をついた。

「なんか、急にスイッチが入ったみたいな感じだったな」と伊達が首をひねる。「問い掛けられたから、つい答えちまったよ」

「確かに驚きました。でも、なんかテンションが上がるっていうか、楽しかったです。おまけに、やるべきこともはっきりしましたし……って、あれ？　北上くん、なんでそんな暗い顔してるの？」

愛美に指摘され、北上は自分の頬を撫でた。

「いや……また、室長の思考に追いつけなかったな、と思って」

「そりゃ仕方ないんじゃないか。今は大学にいるとはいえ、かつては科警研で鬼のように活躍してた人だぜ、ああ見えても。やる気になったら敵(かな)わないのは当然だろう」

「分かってます。分かってますけど……不甲斐なさを痛感せずにはいられないんですよ」

「……案外、さ」愛美がぽつりと呟く。「北上くんは、室長と似たタイプなのかもしれないね」

「え？」

「自分の夢中になれる分野では一番になりたいって、そう思ってるんじゃないの。だから、力の差を見せつけられると悔しいんだと思うよ」

「あー、なるほどな。確かに北上は実験熱心っていうか、それ以外のことに関心がなさそうだよな」

自分が土屋に似ている。その言葉に北上は戸惑った。喜ぶべきなのかそうではないのか、とっさには判断がつかなかった。

8

六月二十九日、午後八時半。長門は一人、店の奥の特別室で餌の配合をしていた。元々は倉庫だったスペースを改装した部屋で、今はある動物だけを飼育するために使っている。薄暗く、かび臭さと生臭さの入り混じった不快な空間だが、やむを得ない。客の立ち入る店舗スペースで飼育するわけにはいかない。

餌やりを終えてひと息ついたところで、ポケットに入れてあったスマートフォンが震えた。電話をかけてきたのは、顧客の一人で、十年ほど前までは芸能界で活躍していた男性俳優だった。

　彼の用件はシンプルだった。長門から購入した動物が死んでしまったので、一刻も早く同じものを持ってきてほしいという。快感が途切れることがよほど恐ろしいのか、彼はほとんど泣き出しそうな声で喋っていた。

　今日中にブツを届けることを約束し、長門は通話を終わらせた。

　自然と、長い吐息が胸の底からこぼれ出る。彼もいずれ前沢のように死んでしまうのではないか。どうしても、そのリスクを考えずにはいられなかった。

　少し休憩しよう。足元に注意しながら部屋を出て、レジの椅子に腰を下ろす。

　長門は誰も客のいない、小ぢんまりとした店内を眺めた。棚に並ぶ水槽の中では、大した儲けにもならない、ありふれた魚たちが優雅に泳ぎ回っている。視界に入るすべての商品が売れたとしても、特別商品の売り上げ二回分を超えることはないだろう。そう思うと、真面目に働くのが本当に馬鹿らしくなる。

　いま扱っている特別商品のことを知ったのは、南米旅行の最中だった。とっておきのドラッグがある――そう豪語するツアーガイドに「それ」を見せられた瞬間のことは、今でも夢に見る。それくらいの驚きがあった。

　長門は使うことをためらったが、同行した友人は好奇心からそのドラッグに手を出し、そして一発で虜になった。

――お前、ペットショップの経営者だろ。日本でもあれが手に入るようにしてくれよ。な、頼む。

日本に帰国後、友人はそう言ってせがみ、報酬として三百万円という金を提示してきた。その金額はあまりに魅力的だった。長門はツテを駆使して南米から「それ」の卵を密輸入し、店舗をこっそりと改装して作った特別室での飼育を始めた。

運よく、というべきだろうか。それらは日本の環境によく馴染み、さして苦労することなく数を増やすことに成功した。莫大な利益を生む金の卵を手にしたのだ。あとは、事が露見するリスクを減らしつつ、口の堅い顧客を増やしていくだけだった。特別商品の販売開始から二年。今はもう、愛用者は二十人を超えている。

だが、長門は大きな成功を手にしたがゆえの悩みに苦しんでいた。

正直なところ、もう働かずに一生暮らせるだけの金は貯まった。それでもなお飼育と販売を続けているのは、客からの「やめるな」という圧力があるからだった。彼らを放り出してどこかに逃げることはできる。しかし、逃げ切れるという保証はない。万が一見つかれば、どんな目に遭わされるか分からない。だから長門はいつまでもこの商売から足を洗えずにいた。

「死人まで出たっていうのにな……」

額を押さえて嘆息した時、スーツ姿の男たちが店に入ってきた。先頭の男の顔は知っていた。前沢の事件の捜査をしている、碑文谷署の二宮という刑事だった。

二宮からは何度か話を聞かれたが、ボロは一切出していないはずだった。落ち着いて対処すればいい、と自分に言い聞かせ、「どうも、こんばんは」と長門は笑みを浮かべてみせた。「どうしたんですか、こんな時間に」

「いえいえ、実は、興味深い事実が分かりましてね」

二宮はカウンターに手を突き、「前沢さんの自宅の床から、我々が追っているドラッグが検出されたんですよ」と声のトーンをぐっと低くした。

どうやら拭き残しがあったらしい。動揺が顔に出るのをこらえ、「それが何か？」と長門は尋ねた。

「興味深いのはここからです。よくよく分析してみたら、ドラッグの成分と一緒に、奇妙な生物の遺伝子が発見されたんです。こういう生き物なんですがね」

二宮がポケットからプリンター用紙を取り出した。そこに印刷された写真を見て、「……ああ」と長門は声を漏らした。

「ご存じですか？　南米に棲息（せいそく）する、インティヒキガエルというカエルなんですが」

「ええと、私は……」

「前沢さんの部屋の水槽からも、同じ遺伝子が検出されてます。どうも、彼は水槽でこのカエルを飼ってたみたいなんですよ。ただね、水槽にはなみなみと水が入っていたんです。飼育に大量の水は必要ないのに、ですよ。おかしいですよね。彼が亡くなった夜、あなたが部屋に入った時、水槽はどんな状態でしたか？」

「あの、それは……」

「インティヒキガエルはワシントン条約で保護されている生き物です。もちろん、一般人が簡単に入手できる代物じゃありませんし、そもそも前沢さんは南米を訪れたことは一度もないんです。動物に詳しい誰かが彼に売ったと考えるのが妥当でしょう。そういえば、前沢さんからあなたに、数カ月おきにかなり高額の振り込みがされていましたね。あれは何の代金ですか？」

「私は、その……」

長門が口ごもると、二宮は前屈みになっていた体をゆっくりと元に戻した。

「すみませんが、店内を調べさせていただきます。よろしいですね？」

二宮は自信に満ちた目で、まっすぐにこちらを見ていた。

長門はうなだれ、「……はい」と小声で答えた。

刑事たちが店の奥へと入っていく。その姿を横目で見ながら、長門は安堵が心に広がっていくのをまざまざと感じていた。

ようやく、この終わりのない呪縛から抜け出せる……。

長門は顔を両手でこすり、レジのカウンターに突っ伏した。

9

「よっしゃ、終わった！」

ノートパソコンのキーボードを叩いていた伊達が、突然両手を突き上げた。

「え、もう書き上がったんですか？」

北上が尋ねると、「当たり前だろ」と伊達は親指を立ててみせた。「書類作成スキルは出世に必須の武器だからな。トレーニングで鍛えてるんだよ。報告書の一つや二つ、楽勝だよ」

伊達はそう言って北上の席に近づくと、「どれどれ」とノートパソコンの画面を覗き込んできた。「あー、こりゃまだ時間がかかりそうだな」

時計を見ると午後五時になろうとしている。飲み屋の予約は午後七時。事件解決の打ち上げまでに報告書が書き上がるかどうか、微妙な情勢だった。

「そっちはどうだ？」

伊達が声を掛けると、愛美は画面を見たまま「私もまだです」と答えた。「大丈夫です。間に合わなかったら、持ち帰って仕上げます」

「僕もそうします」と北上も同調した。

化学関連のパートは北上、生物関連のパートは愛美が担当しており、伊達はそれ以外の部分を受け持っている。三人分が揃わないと報告書は完成しない。

「そっか。じゃ、予定通り、出雲所長には明日の朝に提出ってことで」と言って、伊達が北上の肩を叩いた。「それにしても、気色悪い事件だったな」

「……ええ、本当に」

北上は神妙に頷いた。

土屋とのディスカッションの結果を受け、愛美はポリメラーゼ連鎖反応(PCR)と呼ばれる手法を用いて、水槽の水や床のドラッグの痕跡に含まれるＤＮＡを増幅した。

得られたＤＮＡの配列を解析したところ、インティヒキガエルという、南米に棲息するカエルの遺伝子と合致することが判明した。このカエルにはある特徴がある。危険が迫ると、後ろ脚の付け根部分から麻薬成分を分泌するのである。蛇などに食べられそうになった時、相手の神経を麻痺(まひ)させて脱出するためにそうするらしい。

化学構造は特定されていないものの、その麻薬成分は非常に強力で、モルヒネと同等以上の活性があるという。それゆえ、「伝説上の太陽神」を意味する「インティ」という名が与えられたのだろう。

ドラッグの摂取方法はシンプルだ。カエルを生きたまま口にくわえる。それだけでいい。ただし、粘液はアルカリ性で、繰り返し触れると粘膜にダメージを与える。だから、前沢の舌の裏に炎症があったのだ。

カエルの下半身を口に含んだまま、快感に身をゆだねる……。想像するだけで食欲の萎える光景だ。生臭いだろうし、カエルは逃げようと必死にもがき続けるはずだ。だが、麻薬成分の効果はそんなマイナス面を凌駕（りょうが）するレベルの快楽をもたらすのだろう。限界のラインを見誤り、命を落としてしまうほどに。

「長門は取り調べに素直に応じてるみたいですね」と愛美が手を動かしながら言う。

「ああ。本人も販売をやめるタイミングを見失ってたらしい。彼の顧客のケアは麻薬の治療に詳しい医師やカウンセラーが行うそうだ。死んだ前沢には悪いが、次の犠牲者が出る前に解決できてよかったんじゃないか」

さて、と言って伊達は腕を組んだ。

「紆余（うよ）曲折あったが、最終的には鑑定の依頼をこなすことができた」

「何ですか急に」と愛美が怪訝そうに言う。

「まあ、黙って聞いてくれ。今回の依頼では、もう一つ別の成果もあった。土屋さんから『面白い』という言葉を引き出せたことだ。あの人は明らかに今回の事件に興味を持っていた。出雲所長の望む、科警研復帰への一歩を踏み出したと言えるんじゃないかと思う」

「それは確かに、伊達さん的には大きな成果だったでしょうね。私も、『研修をやってるんだ』っていう実感を得られましたし、まずまず成功でしたね」

「だろ。だから、今後もこんな感じでやれたらと思うんだ」

「といっても、室長がいらっしゃらないことには……」

北上は誰もいない土屋の席に目を向けた。あの日以来、土屋は分室には来ていない。朝から晩まで大学の研究室に入り浸っているらしい。

「同じようにやればいいんじゃないですか。科警研の方にクレームが行くようなことをすれば、室長も無視はできなくなるでしょ」

愛美のエキセントリックな提案に、「勘弁してくれよ」と伊達が首を振る。「今回はたまたまセーフだっただけだ。次は確実に兵庫に強制送還されるぜ」

「じゃあ他に何か手があるんですか？」

「俺たちがフィルターになればいいんだよ。出雲所長に掛け合って、もっと頻繁に依頼を持ってきてもらう。で、資料を読んで、難易度が高くて特殊性の高い案件を選び出すんだ。要は、出雲所長がやってる選別の作業をこっちがやるってことだな。で、これだと思った事件に対し、俺たちなりに全力で挑む。解決できればそれはそれでOKだし、行き詰まれば室長にアドバイスを求めればいい。難しいってことは保証されてるんだから、室長も興味を示すはずだ」

「それ、いいですね。土屋さん云々はともかくとして、仕事が来るのを待ってるよりは生産的ですし。でも、所長の許可が出ますかね」

　愛美の疑問に、伊達は「そこはうまく交渉するさ」と白い歯を見せた。

　母親のために成長したい、という強い気持ちを持って研修に来ている愛美のために、新しいやり方を考えたのではないか——。

　伊達の提案を聞き、北上はそう思った。

　北上の視線に気づき、「ん、なんだよ」と伊達が眉をひそめる。「もしかしてあれか。また俺を酔い潰してやろうと狙ってるのか」

「いえ、そんな。むしろそれだけは避けたいと思ってますが」

「前回は日本酒だったから負けたんだ。俺は元々、甘ったるい日本酒よりワインの方が好きなんだ。だから、今回はワインの飲み放題が売りの店にした。覚悟しろよ」

「……分かりました。お手柔らかにお願いします」

　酒の種類が何であれ、どれだけ飲んでも酔えるとは思わなかったが、今日はほどほどのところでギブアップするつもりだった。せっかく、愛美と伊達の関係が修復されたのだ。酒のトラブルでそれがこじれるのは避けたかった。

　そこで北上はふと気づいた。

　こんな風に他人同士の関係を心配するのは、ずいぶん久しぶりのことのような気がする。中学時代に、友人同士の喧嘩(けんか)を仲裁して以来ではないだろうか。

——自分も、この研修を通じて変わり始めているのだろうか。

そんな気づきに少しのくすぐったさを感じながら、北上は報告書の作成を再開した。

第三話　惜別のロマンチシズム

1

キッチンで手を洗っている最中にパトカーのサイレンが聞こえてきて、彼はびくりと動きを止めた。

水を止め、耳を澄ませる。

サイレン音が近づいてくるにつれ、心拍数が上がっていく。

隣人が物音に気づいて通報したのだろうか……？

時刻はすでに午前〇時を回っている。比較的防音に優れたアパートとはいえ、隣戸や階下に音が聞こえたかもしれない。

最悪の場合、非常階段から逃げるしかない。いつでも駆け出せるようにじっと息を潜めていると、サイレンは徐々に遠ざかっていった。

彼は大きく息を吐き出した。今のは肩透かしだったが、本当に警察がここにやってくる可能性もある。少しでも早く作業を済ませなければ。

彼はタオルで手を拭くと、キッチンにあったスーパーのレジ袋に、タオルと血の付いた服を入れた。Tシャツ一枚で外に出ることになるが、今は七月だ。軽装でうろついていても怪しまれる心配はない。

ジーンズに血が付いていないことを確認し、彼はリビングに戻った。

室内に指紋は残っている。毛髪や足跡もだ。しかし、警察が調べれば、自分がこの部屋に日常的に出入りしていたことはすぐに分かるだろう。痕跡があって当然なのだから、凶器以外の部分に関しては隠蔽や偽装を施す意味はない。

もう一度室内をくまなく見回ってから、彼は部屋の隅に目を向けた。吉富絵里奈はベッドに横になっている。目を閉じ、だらりと手足を伸ばしたその姿は眠っているようにしか見えない。脇腹をくすぐれば、「もう、なにー?」と目をこすりながら起き上がってきそうだ。

だが、絵里奈の心臓から突き出したナイフや衣服を汚す赤い血が、その睡眠が永遠のものであることを声高に主張していた。

彼はベッドの傍らに立ち、絵里奈の亡骸を見下ろした。出血のせいで青白くなった顔は、今まで目にしてきたどの表情よりも美しく、神秘的に感じられた。死体だと分かっていても愛おしさを覚えてしまうほどだ。

彼は目を閉じ、絵里奈を――自らが殺めた恋人を――視界から消し去った。

どうして、こんなことになってしまったのだろう……。

鈍麻していた感情が一気に昂り、涙となって目尻から溢れ出た。頬を伝って、熱い液体が口元へと流れ落ちる。

今さら泣いてもどうにもならなかった。絵里奈の命は失われてしまったのだ。

彼女が二人を同時に愛するという選択をした以上、悲劇的な結末は避けられないものだったのだろう。絵里奈の秘密は暴かれた。いずれ起きる諍いを防ぐためには、こうするしかなかったのだ。

「ごめん、絵里奈……愛してるよ、今でも」

彼は小さく呟いて身を屈めると、絵里奈の唇に自分の唇を重ね合わせた。あの、温かで柔らかな感触はもうそこにはなかった。あるのは、質の悪いゴムに唇を押し当てているような、不快な感覚だけだった。

立ち去ろうとした時、彼は鏡台の隅に畳んで置かれた白いハンカチに目を留めた。昔、彼が絵里奈にプレゼントしたものだった。

彼はそれを広げ、そっと絵里奈の顔に掛けた。そして、エアコンの冷房を最低の一六℃に設定した。矛盾していると分かっていても、彼女の遺体がなるべく早く、できればこの美しさが保たれているうちに発見されてほしいと思った。

「……さよなら、絵里奈」

恋人の名を最後にもう一度だけ呼び、彼は遺体に背を向けた。

2

七月十七日、午前七時半。北上は本郷分室へとやってきた。薄暗く、じっとりと暑苦しい空気が籠った室内に人影はない。一番乗りだ。

北上は蛍光灯とエアコンのスイッチを入れ、自分のノートパソコンを立ち上げた。最近は、分室にやってくると必ず、最初にメールを確認することにしている。

メールソフトのホーム画面を開くと、出雲所長から新着メールが一通届いていた。すぐさまそれを開く。本文はなく、文書ファイルが添付されているだけだった。新たな事件に関する資料だ。

北上たちは出雲と交渉を行い、科警研に持ち込まれる鑑定について、可能な限り分室に資料を回してもらうことになった。

自分たちで調べる前提なので事件は関東近郊に限られており、また、土屋の興味を惹くために、殺人などの重大事件に限定してはいたが、平均すると一日に一件のペースで鑑定の必要な案件が発生していた。北上たちはその鑑定依頼について簡単な調査を行い、自分たちで引き受けるべきかどうかを判断している。出雲から言い渡されているリミットは、メールが届いてから二十四時間以内。限られた時間の中で、自分たちがやるべきかどうかを決めなければならない。そういう期限が設けられたため、北上はなるべく早い時間に分室に顔を出すように心掛けていた。

この仕組みが始まってから、今日でちょうど二週間になる。十件以上見てきたが、防犯カメラの映像解析や遺書の筆跡鑑定など、比較的オーソドックスな依頼が多く、自ら調査に乗り出したいと思える案件は一つもなかった。以前、「土屋に頼みたくなるような事件はそう頻繁には起こらない」と出雲は言っていたが、それはおそらく事実なのだろう、と北上は感じ始めていた。

果たして今回のはどういう事件なのだろう。期待感と共に添付文書を開く。

それは、世田谷区で三日前に発生した、ある殺人事件に関する報告書だった。アパートの一室で女性が殺されたという事件だ。

事件の状況や容疑者についての記述を読み進めるうち、心拍数が上がっていくのを北上は感じ取った。殺人事件に対する印象としては不謹慎極まりないが、「面白そうだ」と北上は思ってしまった。科学者としてぜひ取り組んでみたい。そんな風に、好奇心が刺激されるような案件だった。

これなら、土屋も興味を示すかもしれない。そんな予感を覚える一方で、北上はそれとは相反する思いが自分の中にあることに気づいた。

それを表に出してもいいのだろうか。迷いながら資料と向き合っていると、廊下から足音が聞こえ、伊達と愛美が一緒に部屋に入ってきた。

「おはよう。北上。早いな」

愛美は北上の席に駆け寄り、「あ、それもしかして、新しい依頼？」

　愛美は北上の席に駆け寄り、そのままノートパソコンの画面を覗こうとする。「安岡さんのところにも送られてきてるよ」と伝えたが、「開くのを待ってられないよ」と愛美は北上からマウスを奪い取った。

　愛美の強引さに負け、北上は渋々席を立った。

　画面に顔を近づけるように資料を確認し、「これはよさそうだね」と愛美が言った。自分の席で資料を見ていた伊達も、「確かに」と同意する。「他の案件とは毛色が違うな。かなり特殊な事例だ」

「僕も同意見です。ぜひ、やるべきだと思います」

　北上はそう言って、土屋の机に近づいた。机の上の、使われることのない電話機にはわずかに埃が溜まっていた。

　振り返り、北上は二人を見ながら言った。

「……ただ、今の時点では室長には連絡しなくてもいいかなと」

「ん？　なんで？」と愛美が怪訝な顔をする。

「いや、そりゃ言っても無駄だからだろ」北上が答える前に、伊達が口を開いた。「そっちでやっておいてくれ、で終わりだよ」

「まあ、それもそうですね。室長と連絡を取るだけでひと苦労ですし、これまでの二件と同じように、私たちで進めていきますか」

納得した様子で言って、愛美がようやく自分の席に座り直す。北上はほっと息を吐き出し、愛美に占領されていた椅子に座った。

二人は北上の提案に疑問を抱かなかったようだ。そのことに北上は安堵していた。

――土屋には関わらせずに、自分たちだけで取り組んでみたい。

北上は自分の中に芽生えたその気持ちを尊重する道を選んだ。

油彩画の破片の件でも、ドラッグによる不審死の件でも、解決に一番必要な部分で土屋に頼ってしまった。現場を離れたとはいえ、土屋は「科警研のホームズ」と呼ばれたほどの人間だ。経験の浅い北上がどれだけ背伸びをしても、「真相を解析する」能力を手にすることはできそうにない。

しかし、届かないからといって努力を諦めたら、そこで成長は止まってしまう。自分で自分の伸びしろを奪ってしまうことになる。

おそらく、今回の案件について現段階で土屋に話を持って行っても、黙っているのと結果は変わらないはずだ。伊達の予想した通り、「適当にやっておいてくれ」と言われるだけだろう。

それでも、土屋に頼らないと決めたことは、北上の中では大きな決断だった。もっといい科学捜査官になりたいという気持ちが、最近になって少しずつ強くなっている。前向きに成長を望む愛美に感化されたのか、土屋への憧れなのか、その辺の理由は自分でも判断がつかない。漠然とした焦燥感があるだけだ。

いずれにしても、研修生だけでやるという判断をした以上、分かりませんでしたでは済まされないだろう。科警研の一員として、結果を出さなければならない。

初めて味わう種類の重圧と気持ちの昂りを感じながら、北上は事件の資料に改めて目を通し始めた。

3

翌日、午前十時過ぎの分室。北上たち三人は、プロジェクターでスクリーンに投影した動画を見ていた。

動画は街角に設置されていた監視カメラのものだ。三メートルほどの高さから、人影のない暗い路上を映している。

しばらくすると、何者かが画面に姿を見せる。映っているのは上半身のみで、黒いTシャツを着ているので、頭部だけが空中に浮いているような映像になる。

人影が現れた五秒後。少し離れたところにある、画面外の街灯の光が男の顔をちらりと照らし出す。夜ではあるが、画像は鮮明だ。若い男はくっきりとした二重まぶたの持ち主で、朴訥（ぼくとつ）とした印象があった。男は周囲を気にしながら足早に路地を歩いていく。画面に映っていたのはせいぜい十秒ほどのことだった。若い男はやがてカメラの撮影範囲外へと歩き去った。

伊達がリモコンを操作し、コマ送りで動画を再生し直す。

「この辺りだな」

若い男の顔が一番はっきり映っているところで、伊達が一時停止ボタンを押した。

「……うーん」

愛美が席を立ち、スクリーンに顔を近づけた。男の顔をじっくり観察し、手元の資料の写真と見比べる。

「安岡さん。もう少し横に移動してもらえると……」

北上が遠慮がちにクレームをつけると、「あ、ごめん」と謝って愛美は体を引いた。

「正直、近くで見たからってどうにかなる気がしないな」と伊達が首を振る。「何度見ても俺には区別ができない。二人はどうだ？」

愛美は再びスクリーンに顔を寄せ、目を細めて「うーん」と唇を指でなぞった。「強いて言えば、兄に似ているように感じます」

「そう思った、ってだけじゃな。印象で犯人が特定できたら楽なんだけどな」

「何か区別できる要素があると思うんですが……」

そう呟いて、北上は資料に目を落とした。

資料には、同一にしか見えない、二人の男の顔写真が載っている。蓮田佑志、二十八歳男性、職業は雑誌のライター。そして、蓮田健志、同じく二十八歳男性、職業はイタリアンレストランのウェイター。二人は一卵性双生児の兄弟であり、ある殺人事件の有力な容疑者となっている。

事件が起きたのは、七月十四日、土曜日の午前一時頃。場所は京王井の頭線の下北沢駅から北に約五百メートルの、二階建てのアパートの一室だ。被害者は部屋の住人である吉富絵里奈、二十六歳。小さな劇団で女優をしていた彼女は、心臓にナイフを突き立てられて殺された。

犯人はアパートから逃亡したが、付近の監視カメラの映像にその姿がはっきりと映っていた。アパートは路地の突き当たりにあり、カメラに映らずに現場を訪れることはできない。警官が駆けつけるまでに画面に映ったのはその男一人きりだったため、他に犯人がいるとは考えにくい状況だった。

犯人の顔は分かっている。問題は、それが蓮田佑志なのか蓮田健志なのか識別できないという点にあった。

絵里奈は以前から佑志、健志の双子と同時に付き合っていたという。実際、室内からは二人の指紋が見つかっており、同一なので区別はできないものの、二人のＤＮＡも検出されている。絵里奈は彼氏同士がバッティングしないよう、うまくスケジュールを組んで二人を自宅に招き入れていたらしい。

絵里奈がどういうつもりで双子と交際していたのかは不明だが、それを知った犯人は絵里奈に二股をやめるように迫り、話し合いがこじれた結果、凶行に及んでしまったのだろうと推測されていた。

そこまで分かっていても、犯人を逮捕できない。もどかしくて仕方ない状況だ。捜査担当者が歯がゆさを感じていることは想像に難くなかった。

改めて画像と写真を見比べ、「やはり、映像から犯人を特定するのは難しそうです」と北上はコメントした。

「自分たちが疑われても、決定的な証拠がなければ逮捕はされない……。犯人はこの状況を予想していたのかもしれないね」

愛美はスクリーンを凝視しながらそう言った。

「双子の区別、か。やっぱり難題だな、こいつは」伊達が椅子に腰を下ろし、足を組んだ。「凶器の指紋は完璧に拭ってある。二人の持ち物からは血痕は出ていないし、足跡も二人分残ってるから犯行の立証には使えない」

「そして、監視カメラの画像でも両者を区別できない……ということですね」と言って、北上は何度か連続で瞬きをした。スクリーンを見すぎたせいで目が痛かった。

「そもそも、警視庁の科捜研でこの監視カメラの映像をコンピューター解析したんだろ？　それで判別不可能って結論付けられてるんだから、俺たちが今ここで一生懸命見たってどうにもならないって」

資料を片手に首を振る伊達に、「伊達さんだって、ヒントが得られると思ったから、こうして見てるんじゃないですか」と愛美がツッコミを入れた。

「……いやまあ、一応、大画面でも確認しようと思っただけだよ。ファンの音がうるさいからもう切るぞ」

伊達は頭を掻きながら腰を上げ、プロジェクターの電源をオフにした。

「難しいのは承知の上です。嘆いていても始まりません。依頼を引き受けた以上、全力で解決策を探っていかないと」

「……分かってるよ」

「もう少し、違う角度から考えてみませんか。現場からは様々な証拠品が回収されています。それらを徹底的に調べれば、双子を区別する鍵が見つかるはずです」と北上は提案した。

「そうだな。競争してる場合じゃないし、手の内を隠さずに行こうぜ」

「いや、それはこっちのセリフですよ」すかさず愛美が反応する。「越権行為うんぬんを口に出すのもナシですよ」

「それは時と場合によるけどな。でも、まずは制限せずに、自由に発想を膨らませた方がいいな。これはという案が決まった時点で、今度はそれを実行に移す手段を考えればいい。今の段階で何かアイディアはあるか？」

はい、と愛美が手を挙げる。

「被害者の傷口からの動作解析はどうですか。凶器を突き刺すやり方には、犯人の個性が出ると思うんです。それで区別できませんかね」

「証拠能力としては弱い気がするな。力の加え方や刺す角度なんかに違いが出たとしても、それはちょっとした動作のブレでいかようにでも変わるものだろ。決定的な証拠にはならない」

「じゃあ、歩様の解析はどうです？　歩き方には個人の特徴が現れると言いますよね。双子の区別に使える可能性はあるんじゃないですか。犯人が現場から立ち去った際の映像を解析すれば……」

「さっき見ただろ？　足元が映ってないんじゃどうしようもない。路上に足跡も残ってなかったしな」

「あ、匂いって使えませんか？　整髪料とかシャンプーとか、双子でも同じじゃないものはあるはずです。室内の空気を分析すれば、どっちが現場にいたか分かるかも」

「さすがに現場の空気までは回収してないって」

「今から行けば……」

「もう遅いだろ。所轄の警官や鑑識の人間が出入りしたあとだ。しかも、密閉された空間じゃなくて外の空気も入ってる。事件直後ならともかく、もう何の痕跡も残ってないよ」

「伊達さんって、いっつもそんな感じですね」と愛美が顔をしかめる。「こっちが何を言っても否定ばっかり。否定村の否定人とお呼びしましょうか」

「やめろっての。っていうか、文句があれば反論したっていいんだぞ。それができないってことは、無理筋だって納得したってことだろ」

「それはまあ、そうなんですけど……」

しぶしぶ頷いたところで、愛美は「そうだ！」と声を上げ、椅子に座ったまま自分の席まで移動した。

机の棚から一冊のファイルを引き抜き、彼女は北上と伊達を交互に見た。

「二人は、エピジェネティクスって知ってますか」

最近、科学雑誌に載っていた特集記事を読んだばかりだった。「ＤＮＡの塩基配列の変化を伴わない、後天的な遺伝子制御の変化――だよね、確か」と北上は答えた。

「要するに、生きていく中でＤＮＡに起きる化学的な変化の総称、って感じか」伊達は顎を撫で、愛美に視線を向けた。「それが使えるのか？」

「双子とはいえ、まったく同じ環境で生活しているわけじゃないですからね。外部刺激の種類が異なれば、ＤＮＡのメチル化やヒストンのアセチル化に差が生じるはずです。つまり、解析によって双子のＤＮＡの違いを検出できます！」と愛美は自信たっぷりに断言した。

一瞬、「すごいアイディアだ」と感心しかけたが、ふと素朴な疑問がよぎり、「……あの、いいかな」と北上は口を開いた。

「なんでもどうぞ」

「現場に残されたＤＮＡがそれぞれ双子のどっちのものなのか特定して、それからどうするつもりなのかな」

「どうって、それはもちろん、殺人犯を……あっ」

愛美が口に手を当てる。

「俺も、同じことを思ったよ」と伊達が申し訳なさそうに言う。「二人ともが現場に立ち入っているのは明らかで、本人たちもそれは認めてる。だけど、遺体や凶器からは彼らのＤＮＡは検出されてない。犯人はしっかりと痕跡を消して立ち去ったんだ。室内のＤＮＡを区別したって、それで犯人が分かるわけじゃない。発想は悪くないが、

「……確かに、そうみたいですね」

今回は使えそうにないな」

愛美はノートパソコンの蓋を閉めて、「はあーっ」と大きなため息をついた。

彼女の背中から放たれる苛立ちの気配を察し、「あの、伊達さん」と北上は少し強めの口調で言った。「何か対案はありませんか」

「今、思いついた」伊達が自分のこめかみをつつく。「二人の話を聞いていて気づいたことがあったんだ。この事件の真犯人を知っている人間が、三人いる。一人は死んだ吉富絵里奈だ。さて、残りの二人は誰と誰だ？」

「それは蓮田兄弟の片方と、えっと……あれ？」

愛美が首を傾げる。

「双子のもう一人ですね」と北上は言った。「どちらかが犯人であり、もう一方は犯人ではない。単純な理屈です。要するに、蓮田兄弟は犯人を知っています」

「その通り。そして二人は犯行を否定している。つまり、明らかにどちらか一方は嘘をついているわけだ。だったら、そこを突いていくのが一つのやり方なんじゃないか？」

そう言って伊達がにやりと笑う。

「突いていく……あ、もしかして」

北上の反応を見て、「そう、それだ」と伊達は人差し指を立ててみせた。
「手掛かりがないなら、自分の手で作り出せばいいんだよ」

4

七月二十日、午後九時。土屋は大学の教員室で一人、論文の添削を行っていた。研究室の修士課程の一年生が書いた、初めての論文だ。科学雑誌に投稿する予定のものだが、残念ながらそれにふさわしいレベルには到達していない。研究内容ではなく、それを表現する技術が未熟すぎる。このまま投稿しても、あっさりリジェクト(掲載拒否)されるだろう。

英単語のスペルミス、不適切な単語の選択、文法の誤り……。そういった表記上の問題は、時間をかけて直せばいい。問題は、研究内容を説明する論旨の方にあった。

研究の背景を導入部で語り、そこから自分の研究の意義へと繋げる。研究によって導き出したい主張をしっかりと打ち出し、そのための方法を提示する。無論、科学的に妥当と思われる手順でなされる実験でなければならない。そのあとに、具体的な実験の手法の記述があり、実際に取得したデータが続く。分析機器から出力されたデータを加工する必要はあるが、結論を歪(ゆが)めるような補正は決して認められない。あらかじめ決めた処理を施し、相手が理解しやすいグラフや表を作成するだけだ。そして、最初に立てた仮説と得られた結果が合致するか否かを、最後のパラグラフで論じる。強引な論理があってはならない。同じ分野の研究者が読めば、百人中百人が納得する考察がなされる必要がある。

それが基本的な論文の構成だ。だが、いま土屋が読んでいる論文は、そういった基本が守られていなかった。かなりの修正が必要になるだろう。

効率だけ言えば、土屋が書き直した方が圧倒的に早いが、目的は論文の投稿そのものではなく、学生の教育にある。学生を一人前にすることが指導教員の務めであり、研究室に復帰する際に、「くれぐれも頼む」と前任の教授から厳命された仕事である。気が進まない、などと文句を言うことはできない。

教育もまた、研究活動の一環なのだ。土屋は自分にそう言い聞かせながら、間違いだらけの論文に注釈を書き込んでいく。

そうして赤のボールペンを動かしていると、机の上の電話が鳴り始めた。

もうそんな時間か。土屋は一つ息を吐き出し、ボールペンを置いて受話器を取った。

「はい、土屋です」

「私だ。今週はどうだった？」

出雲は定番のセリフで会話をスタートさせた。

金曜日の夜、出雲は毎週必ず電話をかけてくる。話す内容は基本的には雑談だ。科警研の業務に関する話題が出ることは少なく、読んだ本のあらすじや飼い犬のエピソード、趣味の鉄道模型の話を出雲が一方的にするだけだ。土屋はひたすら聞き役に徹するのみに終わることが多い。

出雲が雑談を望んでいるとは考えにくい。彼は合理的な人間であり、この電話にも理由があるはずだ。出雲は以前から土屋を科警研へ復帰させたがっている。この無意味なコミュニケーションは、そのための布石なのだろう。

期待に添えなくて申し訳ない、という気持ちはある。しかし、土屋は自分が不器用な人間であることを自覚していた。頭の中は、環境科学の研究課題で埋め尽くされている。復職について考える余裕はどこにも見つからない。マルチタスクが苦手なのだ。

そんなことは、出雲もよく分かっているだろう。それでもあえて連絡をしてくるのだから、土屋も仕方なく彼に付き合うことにしていた。

愛犬が些細（ささい）な物音を怖がってばかりいて困っている、というエピソードを披露し終えたところで、「そういえば、いま思い出したんだが」と出雲がわざとらしく言った。

「新たな鑑定依頼の資料はもう見たかね？」

「いえ、知りませんね。何かお送りになったんですか」

「とぼけることはないだろう。一卵性双生児が、二股をしていた恋人を殺めた事件だよ。そちらの分室では、どちらが犯人なのかを見極める作業の真っ最中のはずだが」

白を切っているつもりはなかった。そんな事件について聞いた記憶はない。たぶん、研修生から説明を受けたのに頭に残らなかったのだろう、と土屋は判断した。興味のない分野への、自分の記憶力の脆弱さは充分に理解している。

土屋は少し考えて、「研修生が取り組んでくれています」と答えた。説明を受けたあと、自分はきっと「適当にやっておいてくれ」と言ったに違いない。

「そうか、君の指図ではなかったか。実は、その研修生たちから申請が来ている。事件の容疑者のポリグラフ検査を行いたいそうだ。許可を出しておいたよ」

「ああ、そうですか。別にいちいち俺に報告してもらわなくて結構ですが」

「いや、懐かしいなと思っただけだ」と出雲がふっと息をついた。「ポリグラフ検査は君の得意技の一つだったな」

「そうでしたっけね」

「忘れたか？　科警研の本部にいた頃、君はよくその手を使っていた。容疑者と直接会う必要がある時の口実にしていただろう。二人だけで会って事実を突き付けることもあれば、器具についた汗を回収して証拠にしたこともあったな。ああ、利き手に関する嘘を暴くことで真相を導き出す、なんて離れ業を見せてもらったこともあったかな。あれはなかなか痛快だった」

「古い話です」

土屋は声に出さずに小さく笑った。たった数年前の話なのに、何十年も昔の出来事のように感じられる。

「そうか？　先日の油彩画の一件でも、君はポリグラフ検査だと言って容疑者と会っていたじゃないか」

「一応、分室の室長という立場ですからね。後始末くらいはやります」

「なるほど。参考までに聞きたいんだが、今回の事件でポリグラフ検査を使うことをどう思う？」

「厳しいかなと思いますね。生理的変化には厳密性はないんだから、証拠にはならないでしょう」

「無論、それは承知の上だろう。まずは双子のどちらかが犯人なのかを推定し、そこから確かな証拠を積み上げていくつもりのようだ」

「そうですか。まあ、やるだけやってみたらいいんじゃないですか」

「放任主義なんだな。ちなみに、君ならどんな手段で犯人を特定する？」

「二人とも逮捕したらいいんじゃないですか」と土屋は頭を掻きながら言った。「女を分け合ってたんだから、罰も均等に分け与えてやったらどうです。二人とも責任はあるでしょう」

「大岡越前の時代ならそんな裁きが下ったかもしれないが、今は二十一世紀だからな。いささか無理がある」

「それは残念です。まあ、研修生たちが頑張ってくれるでしょう」

「彼らが行き詰まったら、助言を与えてくれないか」

「うーん、そうですね。時間が許せば」と土屋は頬杖を突きながら答えた。

「なるべく手を貸してやってくれ。そうすることが、君の人生にプラスに働くはずだ」

出雲の口調が熱を帯び始めていた。話が長くなりそうな気配を察し、「了解です」とだけ言って土屋は受話器を置いた。

さて、と肩を揉み、土屋は赤のボールペンを手に取った。

再び学生の論文の添削に戻ろうとしたところで、再び電話が鳴りだした。伝え損ねたことがあって、出雲がまた連絡を寄越してきたのだろうか。

「やれやれ」と呟き、受話器を取り上げる。

私だが、という低い声を予想していたが、聞こえてきたのは微かな息遣いだけだった。

「……もしもし？　こちらは環境分析科学研究室ですが」

土屋がそう告げても、相手は何も言わない。沈黙は十秒ほど続き、やがて相手の方から電話を切ってしまった。

首を傾げたところで、思い出した。この手の無言電話はこれが初めてではない。だいたい、月に一度くらいのペースだろうか。土屋が東啓大の職員になってからずっと、何も言わずに電話が切られる、ということが続いている。

研究室の学生に聞いたところ、前任の教授の時代はそういった不審な電話はなかったという。明らかに土屋をターゲットにした嫌がらせだった。

部外者である土屋が大学のポストを得たことへの逆恨み、ライバル研究者による妨害活動、土屋のストーカーの仕業……。学生やスタッフは様々な犯人像を予想していたが、科警研時代に関係のあった人間が犯人ではないか、と土屋は感じていた。心当たりがあるわけではないが、単純に関わった人数が多いからだ。科警研の職員、刑事、事件の犯人とその知人、被害者とその家族……。繋がりの深い浅いはあるが、仕事を通じて多種多様な人間と関係を持つことになった。その中には、自分に特別な感情を抱く人間がいてもおかしくはない。

「まあ、いいか」

土屋は受話器を置き、大きく伸びをした。

月に一度、数十秒程度の無言電話に付き合うくらいは大した負担ではない。それで相手の気が晴れるのなら、目くじらを立てるほどのことでもないだろう。なにより、そんな些事の解決に向けて頭を動かしている時間がもったいない。

さらりと気持ちを入れ替え、今度こそ土屋は添削の続きに戻った。

5

七月二十一日、土曜日。午後一時。愛美は北沢警察署の三階の廊下で蓮田兄弟の到着を待っていた。

廊下を行ったり来たりしていると、ベンチに掛けていた北上に、「座ったらどうかな」と声を掛けられた。どうやら目障りだったようだ。

「ごめんごめん。どうもじっとしていられなくて」

愛美は頭を下げ、北上の隣に腰を下ろした。

「緊張してるみたいだけど、大丈夫？」

「大丈夫……だと思う」

壁に貼られた振り込め詐欺被害防止啓発ポスターを眺めながら、愛美は自分に言い聞かせるように答えた。

これから、双子の容疑者を相手にポリグラフ検査を行う。質問担当は愛美と伊達だ。質問者には、冷静沈着な態度が求められる。被験者への影響を最小限にとどめるため、感情を仕草や表情に出さないように努めなければならない。

気づくと、手のひらにじっとりと汗を掻いている。両手をこすり合わせて深呼吸を一つしたところで、エレベーターのドアが開く音がした。

そちらに目を向けると、吉富絵里奈殺害事件の捜査本部の刑事と共に、二人の男性がかごから降りてきた。蓮田佑志と蓮田健志だった。

写真では何度も目にしてきたが、こうして目の前に同じ顔が二つあるとやはり違和感を禁じ得なかった。何か、現実の世界を一歩はみ出してしまったような、そんな錯覚すらある。

つぶらな二重の目に、不安げな口元。薄い眉や長細い耳。もみあげの長さやひげの剃り跡の濃さ。着ているTシャツの色こそ違うが、佑志と健志の風貌は、鏡が置いてあるのかと勘違いするほど酷似している。

愛美は動揺を心の中に仕舞い、ベンチから立ち上がった。

「ご足労ありがとうございます。科警研本郷分室の安岡と申します」

愛美が名乗ると、二人のまとっている緊張感が少しその強さを増した。

あまり警戒されると、いいデータが取れなくなる。「今回の検査は参考のために行うものです。結果が直ちに犯行の立証と結びつくわけではありませんので、リラックスして質問に答えていただければと思います」と愛美はにこやかに伝えた。

「……分かりました」と、佑志と健志が答える声が重なる。当たり前のことではあるが、顔だけではなく声もそっくりだった。ちなみに今回は、指紋で個人識別をした上で、区別のために胸に名札を付けてもらっている。

担当の刑事と北上をその場に残し、二人を連れて近くの会議室に向かう。

部屋に入る前にちらりと振り返ると、北上は拳を握り締め、心配そうにこちらを見つめていた。

愛美は北上に向かってこっそり親指を立ててから、会議室のドアを開けた。

「二人をお連れしました」

「ああ、準備はできてる」と、窓際にいた伊達が振り返る。

テーブルには、すでに二人分の携帯型デジタル式ポリグラフ装置が設置されていた。辞書ほどの大きさのあるこの機械は、柏の科警研本部から借りてきたものだ。

ポリグラフ装置からは数本のケーブルが伸び、いくつかの測定センサーに繋がっている。腹部に装着する呼吸ピックアップセットは呼吸のリズムを測る。右手の人差し指と中指には皮膚電気活動を測定するための電極を、また、右手首と両足首には心拍数の変化を測定するための電極を付けてもらう。

ここまでが標準セットだが、それにプラスして二人にヘッドセットを装着してもらう。脳波と眼球の動きを計測するためだ。これは伊達の提案だった。彼の大学時代の知人がそれらのデータから被験者の心理を読み解く技術を開発しており、それを利用するという話だった。

　朝から準備をしていただけあって、いつでも検査を始められる態勢がきっちりできあがっていた。この辺の段取りの良さはさすがというべきだろう。

　伊達は双子たちを見比べ、「本当にそっくりですね」と笑った。

「よく言われます」と弟の健志が言う。「なあ」

「まあ、そうですね」佑志が頷く。「聞き飽きました」

「それは失礼しました。では、そちらにお座りください」と伊達がテーブルに手のひらを向けた。「向かって右手が佑志さん、左手が健志さんでお願いします」

　ややぎこちなく椅子を引き、二人が同じタイミングで腰を落ち着ける。テーブルを回り込んで、愛美は伊達の隣に座った。

　今日のポリグラフ検査では、二十五個の質問をすることになっている。これらは五つごとに五つのブロックに分かれており、各ブロックには事件に関する質問一つとそれと類似した質問四つが含まれる。両者での生理反応の差を見るためだ。

　この五×五問を一セットとし、ブロックの順番を入れ替えながら、合計で四セット行う。結果的には二十五個の質問を四回ずつ相手にぶつけることになる。質問の読み上げはセットごとに伊達と愛美が交代で行う。また、双子の回答順もセットごとに入れ替える。そうやってデータの偏りを減らしていくのだ。

質問と質問のインターバルは三十秒に設定してある。読み上げの時間もあるため、検査が終わるまでに二時間近くはかかるだろう。それなりの長丁場だが、被験者の負担はさほどでもない。なぜなら、質問はいずれも「はい」「いいえ」で答えられるものであり、無条件ですべてに「いいえ」と答えるように指示されるからだ。

必要最小限の説明を終え、伊達が双子を見比べた。

「では、さっそく始めましょうか。最初のセットの回答は、佑志さん、健志さんの順番でお願いします」

質問リストを伊達が手に取る。その表情はにこやかだ。犯罪に関する質問というより、生命保険の新商品の説明でも始めそうな雰囲気を放っていた。

「吉富絵里奈さんは亡くなった時に、白色の靴下を履いていましたか？」

ゆっくりと質問を読み上げ、伊達が佑志を見る。彼はちらりと弟の方を窺い、「……いいえ」と答えた。少し、その声はかすれていた。

伊達が視線を健志に移す。健志は伊達の方に顔を向けながら、「いいえ」と明瞭に答えた。双子であっても答え方には差があるようだ。

「次に行きましょう。吉富絵里奈さんは亡くなった時に、水色の靴下を履いていましたか？」

今の二問はいずれも非裁決質問と呼ばれる、犯罪事実とは異なる問いだ。このブロックでは被害者の靴下の色を問う。双子は同じように「いいえ」と答えた。

「次です。吉富絵里奈さんは亡くなった時に、桃色の靴下を履いていましたか？」

三番目の問い掛けだ。愛美はさりげなく二人の表情を窺った。これはフェイクではない。犯罪事実を示す裁決質問であり、犯人だけが答えを知っているものだ。

まず、佑志が「いいえ」と答えた。先ほどより表情が少し硬いようにも見える。唇を強めに結んでいるようだった。

続いて、健志が「いいえ」と回答した。声ははっきりしていたが、視線は伊達の顔ではなく、それより少し下、彼が手にした質問リストの辺りに注がれている。何か、自信のなさがほんの少し顔をのぞかせたようにも思えた。

そうして二十五の質問が投げ掛けられ、最初のセットが終わった。時計を見ると、開始からすでに四十分近くが経っていた。

次のセットの質問役は愛美だ。質問の順番を入れ替えた二番目のリストを手に取る。少し、紙を持つ指先に力が入っているのが自分で分かった。

ポリグラフ検査を行うと決めた時、伊達はこう言っていた。「俺のターンは予行演習みたいなもんだ。本番は安岡のターンだ」と。

なぜですか、と問う北上に伊達は不敵に笑いながら答えた。

「女を殺したんだ。そのことを女から訊かれたら、緊張も強くなるだろ」

その理屈を聞いて、なるほど、と愛美は納得した。だから、髪型やメイクを、殺された吉富絵里奈に似せてきた。殺人犯の動揺を誘い、反応を増幅させるための策だ。絵里奈はどんな女性だったのだろうか。双子と同時に付き合うという行動からは、エキセントリックな印象を受ける。しかも、彼女は舞台女優という希少な職業に就いていた人物だ。被害者本人になり切ることはできそうになかった。

私は私だ、自分なりにやろう。そう割り切って、愛美は質問を始めた。

結局、すべての質問が終わったのは午後三時半だった。「いいえ」を言わされ続けた二人の顔には疲労がはっきりと滲(にじ)んでいた。

「お疲れ様でした。これでお帰りいただいて結構です」

伊達がそう伝えると、二人は頭を下げて無言で部屋をあとにした。

双子たちと入れ替わりに、北上が会議室に姿を見せた。

「終わりましたか」

「ああ、つつがなくな。じゃ、さっそく解析と行くか」

「そんなにすぐにできるものなんですか？」と愛美は尋ねた。

「眼球運動の方はここでは無理だな。専用の解析ソフトが入った端末でやる必要がある。だけど、それ以外は簡易解析が可能だ。生理反応データを読み解くプログラムは、このノートパソコンにひと通りインストールしてきた。試してみよう」

　伊達が手慣れた様子でマウスとキーボードを操作し、手早く処理を行っていく。犯人しか知らない事実を質問された時だけ、他の質問と違う反応が出ているかどうか──それが判断のキーポイントになる。

「よし、データ入力完了、っと。じゃ、行くぜ」

　北上が伊達の後ろに回り込む。愛美もノートパソコンの画面が見えるように、伊達の斜め後方に移動した。

　伊達が人差し指でエンターキーを押す。いくつかの文字列が下から上に流れたあと、画面に一枚のグラフが表示された。そこには赤と青、二本の折れ線グラフが描かれていた。二つの線は非常に近接しており、絡み合う動脈と静脈のように時々入れ替わりながら、ギザギザした紋様を作っている。二本の線が、双子のそれぞれのデータを表しているようだ。

　伊達は腕を組み、難しい表情で画面を見ていた。

　しばらくの黙考のあと、彼は小声で「……マジか」と呟いた。

「どうですか、伊達さん」

　待ちきれないというように北上が尋ねる。

　伊達は首を振り、「たぶん、これじゃ犯人は分からない」と絞り出すように言った。

「……分からないってどういうことですか」と愛美は伊達に歩み寄った。

「これは、いくつかの生理反応を平均化したグラフだ。で、ところどころ線が飛び出てるところがあるだろ」

愛美はグラフを目で追いながら頷いた。歯並びの中の犬歯のように、鋭く尖っている部分が何か所かある。

「ここは、裁決質問――犯人しか知りえない事実を尋ねた時の反応だ。この数値に差がほとんどないんだ。二人とも顕著に反応を示している」

「……それはつまり、どちらも犯行現場にいたということですか」

北上が眉根を寄せる。伊達は「いや」とそれを否定した。

「監視カメラの映像から考えると、一人だけだ。それは間違いない」

「では、二人は犯行に関する事実を互いに話し合っていたということですか」

「それも違うな。細かいことを二十五個も質問してるんだぜ。事前に情報共有をするのは無理がある」

「……ああ、分かりました」と愛美は嘆息した。「こちらのミスです、伊達さん。二人同時にやるべきじゃありませんでした」

「そうみたいだな……。同席させた方が反応が大きくなると思ったんだが、それ以前の問題だな」

「……どういうことですか？」

困惑顔の北上に、「二人にしか分からないサインがあったんだよ」と愛美は説明した。

「裁決質問が出たら、それをこっそりと伝えあっていたんだと思う」

「もちろん、ポリグラフ検査の前にサインを決めておく必要がある。相手は準備万端だったってわけだ」伊達がため息を落とした。「つまり、二人は結託してこの難局を乗り切ろうとしてるってことだ」

「そんな……恋人が殺されたのに」

「死んだ人間より、生きている身内を守りたいんだろ。しかも相手は自分と同じ顔の兄弟だ。同情したくなる気持ちは分かる気がするよ」

もう、ギブアップしてしまおうか――。

ちらりとその考えが頭をよぎった。自分たちなりに解決策を模索し、それを実践するところまではやり通した。研修という観点からは、一つの区切りを迎えたと考えることができる。

難度が高ければ成長できるというわけではないだろう。難しすぎる案件に関わり続けるより、ほどよい難易度の事件を複数解決していく方が、研修としての効率性は高まるはずだ。成功の喜びをコンスタントに味わうこともできる。

……いや、こんな考え方をしていてはダメだ。

後ろ向きな自分の発想を、愛美はすぐさま打ち消した。ミスを潔く認め、新たなやり方を考え出す。そこから目を背けては、成長などできるはずもない。

「伊達さん。済んだことは仕方ありません」と愛美は言った。「また違う手段を考えていきましょう」

「……そうだな。北上もよろしく頼むぜ」

「ええ。とにかく資料を読み込んでみましょう。そこにきっとヒントがあるはずです」

口調は普段通りの穏やかなものだったが、北上の目には強い光が宿っていた。その表情は、捜査が振り出しに戻ったことを……謎ともう一度正面から向き合えることを喜んでいるようにさえ見えた。

――やはり、彼は土屋と同じ種類の人間なのかもしれない。

愛美はそう思ったが、今度は自分の心の中だけに仕舞っておいた。

6

七月二十五日、水曜日の朝。

目を覚ました時、北上は一瞬、自分がどこにいるのか分からなかった。

椅子に座ったまま、ゆっくりと辺りを見回す。誰も座っていない机が三つ。冷蔵庫とロッカー。最近設置したファイルキャビネット。皓々と室内を照らす蛍光灯……。そこは本郷分室だった。

机に置きっぱなしだったスマートフォンで時刻を確認する。午前七時半を少し回っていた。午前四時くらいまではかろうじて記憶がある。そのあたりで眠気に勝てなくなり、机に突っ伏して眠ってしまったようだった。

椅子から立ち上がり、北上は体を伸ばした。肩や腰に鈍い痛みがある。不自然な姿勢で寝ていた代償だ。

昨夜は伊達や愛美が帰ったあとも、北上は一人分室に残り、作業をしていた。終電までには帰るつもりだったが、気づいたら電車が無くなっていた。タクシーを使うのも馬鹿らしかったので、そのまま泊まり込むことにしたのだった。

徹夜で読んでいたのは、蓮田兄弟に関する資料だ。

ポリグラフ検査は結局失敗に終わった。あとで録音を聞き返して、そのトリックが分かった。彼らは検査中、つま先で床を叩く音で裁決質問か否かを伝え合っていたのだ。ただ、二人のどちらが音を出しているかは摑めず、犯人は分からずじまいになってしまった。

北上が理想としているのは、証拠品の分析作業に没頭する日々だ。ただ、そういった作業を行いたくても、やるべきことが見えない状況ではどうしようもない。とにかく、早急に次の方針を立てなければならない。

そのヒントを得るべく、北上は二人についての情報を必死に頭に詰め込んでいた。彼らの生家、幼稚園から大学卒業までの学歴。過去、あるいは現在の友人関係。職場の情報。趣味や病歴も、分かる範囲でチェックした。

同じ家で暮らしていた双子なので、子供の頃の二人は極めて似通った生活を送っていた。幼稚園から高校まで、ずっと同じ学校に通っている。

二人の人生がずれ始めたのは、高校を卒業し、大学に入ってからだった。

兄の佑志は文学部に進学し、映画サークルに入った。卒業後、サークルのOBの誘いで映画や舞台などの情報を扱う雑誌のライターとなり、今もその仕事を続けている。

一方、弟の健志は経済学部に進学し、在学中はレストランでのアルバイトに精を出していた。その縁でレストランのウェイターとなり、ずっとその仕事に従事している。

吉富絵里奈と最初に出会ったのは佑志だった。今から四年前、劇団の舞台の打ち上げに参加した佑志は、そこで絵里奈と知り合った。その後、彼の方から弟を絵里奈に紹介したらしい。

二人のどちらが先に絵里奈と交際を始めたかは不明だが、双子たちの話から推測するに、彼女は少なくとも二年にわたって二股を続けていたようだ。バレずに付き合っていたのだから、よほど巧みに立ち回っていたのだろう。

いずれにしても、顔は似ていても二人の人生には大きな違いがある。そこをうまく掘り下げることで、犯人をどちらかに絞り込めないか。北上はそんな思いで資料を読み漁ってきた。

しかし……。

北上は首筋を揉みながら、机に積んだ数冊のファイルを見渡した。蓮田兄弟に関する資料はもう三度も読み通した。それでも、これなら行けるのではという閃きを得ることはできなかった。

「やっぱり、やるしかないのか……」

伊達はポリグラフ検査をやると決めた時、「手掛かりがないなら自分の手で作り出せばいい」と言っていた。この閉塞状況を打破するには、こちらからアクションを起こす必要がある。北上はそう感じ始めていた。資料に当たるにも限界はある。答えが手元に見当たらないなら、自分でそれを掘り起こすしかない。

その可能性について考えていると、越権行為、という言葉が頭に浮かんでくる。

愛美は前回のドラッグ案件で現場に乗り込み、そのことで刑事たちから不興を買った。だが、彼女の蛮勇が重要な証拠の発見に繋がったのは間違いない事実だった。

北上は椅子に座り、腕を組んで唸った。

ルールを破るべきか、それとも守るべきか。一歩を踏み出すべきか、否か。シンプルな二択なのに、いや、だからこそ答えがなかなか出せない。

　そうして一人で悩んでいると、机の上でスマートフォンが震え出した。見ると、実家からの着信だ。何かあったのだろうかと不安になり、北上はすぐに電話に出た。

「はい、もしもし？」

「ああ、純也？　どうしたの、夏風邪(かぜ)でも引いたかい？」

　聞こえてきたのは不安そうな母親の声だった。

「いや、別に元気だけど……？　なんで？」

「昨日の夜にメールを送ったのに返信がないから、どうしたのかなって。純也はいつも、夜のうちに返してくれてたでしょ」

「あ、ごめん。ちょっと仕事が忙しくて……」

　母はいつも、北上の自宅のパソコンにメールを送ってくる。スマートフォンでもチェックはできるのだが、資料読みに集中していたせいでメールに気づけなかった。

「そうなの。じゃあ、仕事に夢中になれてるのね、よかった。東京でちゃんとやっていけてるのか、心配してたのよ」

　母親の安堵の声に、胸がちくりと痛む。果たして、「夢中」と表現してもいいのだろうか？　現状の自分は、思い描いている理想の姿とも、世間的に優秀だとされる姿とも違っている。土屋の特異なパフォーマンスに圧倒され、ただ自分の力不足に悶々(もんもん)

としながら、無意味な日々を過ごしている気がしてならない。

北上は廊下に声が漏れないように、部屋の隅に移動した。

「……あのさ、母さん。もし僕が仕事をクビになったら、がっかりするかな」

「……クビになるようなことをしたの？」

「いや、そうじゃないんだ。でも、ほら、公務員って不祥事に厳しいからさ。万が一の可能性として、だよ」

「仕事は続けてほしいけど、辞めたってがっかりはしないわよ」と母親は迷うことなく答えた。「健康に生きてれば、仕事なんていくらでもあるでしょ」

「そっか。……そうだよね」と北上は微笑した。

盆休みに帰省することを改めて伝え、北上は通話を終わらせた。

母親と久しぶりに会話をしたことで、心のもやもやは消えた。

組織がどうとか、容疑者と直接会った経験が乏しいとか、人と話すのがそもそも苦手とか、そんな言い訳をしていては前進はない。自分が夢中になれる場所を作るための準備。それに力を注ぐのだ。

覚悟は決まった。北上は三人のＬＩＮＥグループページに〈所用により、今日は午後からの出勤です〉と書き込み、戸締まりを済ませて分室をあとにした。

一度自宅に戻った北上は、シャワーを浴び、三十分ほど仮眠をとってから家を出た。遅めの時間帯の通勤客たちと共に電車に揺られ、小田急線の下北沢駅で下車する。駅から南に歩くこと三分。入り組んだ細い路地を進んでいくと、目的地であるイタリアンレストラン〈フォリレッジェ〉に到着した。店名はイタリア語で「無法者」という意味があるらしい。

店は三階建てのビルの一階にあり、店先にはオリーブの植木鉢がいくつか並んでいて、座布団サイズのイタリアの国旗が掲げられていた。

路地に面したガラス窓から店内を観察する。午前十一時の開店までまだ一時間近くあるが、店員は清掃やテーブルの準備で忙しそうに動き回っている。

蓮田健志はすぐに見つかった。白のワイシャツに黒のベスト、黒のパンツというフォーマルスタイルだ。

北上は窓から離れ、深呼吸をしてから店のドアを開けた。

「あの、お客さん、まだ開店前なんですが……」

健志がすかさず駆け寄ってくる。「客ではありません。この顔に見覚えはありませんか」と北上は自分の顔を指差してみせた。

怪訝そうに目を細め、「……北沢署の方ですか」と健志は小声で言った。

「いえ、この間ポリグラフ検査を担当した者です。といっても、自分は外で待機していたんですが」

　北上は研修生になってから作った名刺を差し出した。それを見て健志が首を傾げる。

「……科学警察研究所の方が、どうしてここに」

「少し、話を伺わせてもらいたくて。といっても正式な捜査ではないです。ただの雑談だと思ってください、本当に」

　その説明は嘘ではなかった。容疑者に直接会って情報を引き出し、犯人特定の方向性を探るのが今回のアポなし来訪の目的だ。

「いいですよ。断っても無駄だって分かってますから。事件が起きてから、一日に何回も刑事さんが話を聞きに来るんですよ。尾行も付いてますし、皆さん、本当にしつこいですね」

　健志はうんざりした様子で愚痴を漏らしながら、北上を店の奥の事務スペースへと招き入れた。二帖ほどの縦長の部屋に置かれた机には、ノートパソコンや電話、伝票の束が載っていた。

　北上に椅子を勧め、健志は入口のドアにもたれた。

「事件のことなら、全部刑事さんにお話ししましたけど」

「それも含めて確認させてください。事件のあった夜、健志さんはずっと自宅にいたそうですね」

「たまたま休みだったんで」と健志は冷静に言った。もし彼が犯人なら、今の発言は当然嘘ということになる。しかし健志の表情に変化はなかった。

「それを証明してくれる人は……」

「いませんよ。このくだり、もう五回はやりましたよ」と健志が首を振る。「これから仕事なんです。さっさと済ませてもらえませんか」

「そうですか。では単刀直入にお伺いします。あなたは犯人ではありませんね」

「ええ、そうですね。最初からそう言ってます」

「となると、お兄さんが犯人ということになります。恋人を殺されたことについて、何か思うところはありませんか」

「結論ありきの質問は感心しませんね。犯人は俺でも兄貴でもないですよ。他の人間が絵里奈を殺したんです」

「監視カメラの映像がありますが……」

「他人の空似じゃないですか」

「映像をコンピューターで解析した結果、お二人のどちらかで間違いないと結論付けられています」と北上は明言した。「お兄さんが犯人であるという事実をどう受け止めていますか」

「……だから、俺たちは犯人じゃないんですって」

「仮に、の話でも結構です。感じていることを話してみてください」

　健志は大げさなため息をついて、「もしそうだとしたら、何か事情があったんだろうと思いますよ。恨みはしません」と答えた。その表情は落ち着いている。動揺の気配は感じられなかった。

「よく分かりました。ありがとうございます」

「ちなみに、兄貴にはもう会ったんですか」

「いえ、これからです。緊張させたくないので、自分が来たことは黙っておいてもらえますか」

「いいですよ。その代わり、俺が話した内容は伏せておいてくださいよ」

「ええ、もちろんです」と頷き、北上は立ち上がった。それを見て、健志がドアから体を離す。

　彼がドアノブを摑もうとこちらに背を向けた瞬間、「すみません、ちょっとこれを見てもらえますか」と北上はスマートフォンを差し出した。

　健志が訝しげに振り返る。

　画面に映る画像を見て、「……なんですか、これ」と健志は眉根を寄せた。

「いえ、なんでもありません」と手を振り、北上はスマートフォンをポケットに仕舞った。

十五分後。北上は下北沢駅の西、線路沿いに建つ〈きたざわコーポ〉へとやってきた。二階建てで外階段の付いた、実にオーソドックスなアパートだ。築年数が浅いのか、あるいは最近改装したのか、壁に張られた乳白色のタイルも各戸のドアもまだ新しい。階段付近に設置された銀色のポストも新品で、真昼の陽光を受けて誇らしげに輝いていた。

双子の兄、蓮田佑志は一階の左端、一〇四号室に住んでいる。弟の話だと、最近はずっと家で仕事をしているという。

さっそくチャイムを鳴らすが、反応がない。留守にしているのだろうか。確認のためにアパートの裏手に回り込むと、エアコンの室外機は熱気と水を吐き出していた。居留守を決め込んでいるようだ。

再び正面に戻り、「すみません、警察ですが」とドアをノックする。しばらく待っていると、ゆっくりとドアが開いた。ドアの隙間からこちらを窺う佑志の目は血走っていた。

警戒心を解くために身分証を提示し、科警研の人間として事件の捜査に協力していることを明かす。その間ずっと、佑志はぼんやりと北上の顔を見ていた。

「顔色があまり優れませんね」と北上は言った。「体調を崩されていませんか」

「……いや、寝てただけです」佑志は寝癖を手で押さえながら、ドアチェーンを外した。「中は汚いんで、どこか喫茶店にでも行きますか」

「いえ、こちらで結構です。外では捜査の話はできないですし、それほど長くは掛かりません」

「そうですか、じゃあ……」佑志は渋々といった様子で北上を招じ入れ、ドアを閉めた。「で、どういう話ですか」

佑志が廊下に立ったまま腕を組む。部屋にまで上げるつもりはないらしい。それならそれで構わないと気を取り直し、北上は姿勢を正した。

「今回の事件、監視カメラの映像から、犯人は佑志さんか健志さんのどちらかに絞られています。佑志さん、あなたが犯人なのでしょうか」

「……まさか」と、佑志が目を逸らす。

「だとすると、犯人は弟さんだということになります。恋人を殺されたことについて、どうお感じですか」

健志にぶつけたのと同じ質問を向ける。佑志は寝癖のついた頭を掻き、「……どうって、別に何も思わないですけど」と顔を背けながら答えた。

「二股をするような女にはもう未練はない、ということでしょうか」

あえて過激な問いを口にすると、佑志は目を見張り、「未練がどうとか、そんなこと、事件には関係ないでしょうが！」と声を荒らげた。

「関係の有無はこちらで判断します」と北上は感情を消した声で応じた。「いかがですか。お気持ちを話していただけませんか」

「……何も言うことはないですよ。あいつは犯人なんかじゃないんだ」

「ということは、佑志さんが犯人だということになります。それをお認めになるんですか？」

「認めるも何も、俺も弟も絵里奈を殺してなんかいません！」

「……そうですか。分かりました」

北上はそこで引き下がった。健志と比較して、佑志は明らかに感情的になっている。視線の定まらなさといい、憔悴した顔といい、この事件によって精神的なダメージを受けているのは間違いないように思えた。

「もう帰ってもらえませんか。あなたと話してると気分が悪くなってくる」

「それは申し訳ありませんでした。最後に、これを見てもらえますか」

さりげなくスマートフォンを差し出す。

そこに映っている画像を見て、「あっ」と佑志が声を上げた。

彼の表情がぐにゃりと歪み、見開かれた目が潤み始める。

「こ、これは……」

「失礼します」

北上は何も説明せずに一礼し、佑志の部屋をあとにした。

北上は手応えを感じていた。二人に見せた画像は、発見直後の絵里奈の遺体写真だった。ただし、画像処理を施し、ぼんやりとした色合いや輪郭しか分からないようにしてある。

顔に掛けられた白いハンカチや彼女の衣服、そして胸に広がる血痕。曇りガラスを通して見るような状態とはいえ、現場にいた人間なら、色のイメージから自らの行為を思い起こすはずだ。そして、弟の健志が無反応だったのに対し、兄の佑志は顕著な動揺を示した。

犯人は佑志だ。北上はそう確信した。

あとはいかにしてそれを証明するかだ。とにかく、伊達や愛美と話し合おう。分室へと戻るべく、北上は夏の日差しが降り注ぐ路地を歩く速度を上げた。

7

翌日。昼下がりの分室で、北上たちは三人揃ってじっと押し黙っていた。

午前中からずっと、佑志が犯人であることを立証するための方法を話し合ってきた。

昨日の午後のディスカッションや資料を読む時間も含めると、もう十時間近く検討を続けていることになる。

いくつかのアイディアは出た。しかし、いずれも採用には至らなかった。

・現場に残された繊維片を徹底的に調べる＝繊維片と殺人が結びつかない。

・凶器であるナイフの出どころを突き止め、購入者を特定する＝膨大な捜査が必要、かつ双子なので購入者が確定しない恐れ。

・絵里奈の両親を使って精神的な揺さぶりを掛けて、自白を引き出す＝科学的とは言えず、また確実性も低い。

といったように、どの案も問題点がすぐに指摘できるレベルでしかなかった。物証から「確実に一方が犯人だ」と証明するのがベストだ。それは分かっているが、なかなかその方向性が見えないのが現状だった。

「……難しいな」

ボールペンを指で回しながら、伊達が呟く。

「いろいろと論文を読んだりもしているんですけどね……」と愛美がうなだれる。

「二人分の指紋が残ってるってのがネックですね。指紋の付着時期を推測する手法もありますが、精度がまだ不足していますから使えそうにないです」

北上の言葉に、「それ、今朝も聞いたぜ」と伊達がボールペンを左右に振った。「いよいよ煮詰まってきたな、悪い意味で」

「そうですね。力不足を感じます」と言って、愛美が椅子から腰を上げた。「コーヒーでも淹れましょうか」

「ん？　そんなのあるのか？」

「少し前に、自分用にドリップバッグを買ったんです。家で試して美味しかったので、職場でも飲もうかと。紙コップでよければお二人の分も作りますけど」

「そりゃありがたいな。砂糖はあるか？」

「スティックシュガーがありますからご安心を」

「用意周到で素晴らしいな。じゃ、一杯もらおうか」

と、そこで土屋の席の電話が鳴った。「俺が出る」と言って立ち上がり、伊達が受話器を持ち上げた。

「……ああ、どうも。……ええ、全員揃ってます。いつでも……そうですか、分かりました」

受話器を置き、伊達は大きく息をついた。

「効果はあったみたいだな」

「どういう意味ですか？　っていうか、今の電話、誰からだったんですか」と愛美が立て続けに問いをぶつける。

「土屋さんからだよ」椅子に座り、伊達は足を組んだ。「悪いが、裏切らせてもらった」

「……何ですか、急にB級映画の小悪党みたいなこと言って」

「今朝、土屋さんに連絡して、これまでの捜査状況を伝えた上で、助言をもらえないか頼んだ。時間の都合がつくかどうか分からないと言われたが、なんとかなったんだろう。今、こちらに向かってる最中だそうだ」

「なんでそんな中途半端な真似をするんですか」と愛美が顔をしかめた。「室長抜きでやろうって決めたじゃないですか」

「ああ、確かにそうだ。だけど、これは仕事だからな。限界はある。これ以上引き延ばすのは無理だと思ったんだ。結果を出せなかったんだから仕方ないだろ」

伊達の言い分を聞き、北上は深いため息をついた。

自分は身の程知らずだったのかもしれない。研修生だけで依頼をこなせる、あわよくば、そこで自分が決定的な貢献ができる、そう思い込んでいたが、現実はそんなに甘くはなかった。

愛美も思うところがあるのか、神妙に黙り込んでいる。伊達は北上たちの方を見ずに、自分の席で資料を読み始めていた。

室内に訪れた気詰まりな沈黙は、五分ほどで破られた。分室のドアが開き、土屋が姿を見せたのだ。

「お、全員揃ってる……」土屋は北上たちを見て首を傾げた。「三人で合ってるよな」

「ええ、これで全員です」と伊達。「すみません、ご足労いただいてしまって。それと、本件の鑑定依頼について、報告が遅れたことをお詫びいたします。申し訳ありませんでした」

「あ、それは僕が……」

北上は自分に責任があることを伝えようとしたが、「まあまあ」と愛美に腕を摑まれた。「三人全員に責任があるってことでいいんじゃない」

「そうですか……」

愛美に止められ、北上は口を噤んだ。

「まあ、何かやってるってことは出雲さんから聞かされてたから。君らだけで片付けてくれるんならそれで全然構わないと思ってたんだ。こうして出張ることになったのは残念だが、それが俺の本来の仕事だからな。話を聞こうか」

土屋はのんびりとした口調でそう言い、自分の席に腰を下ろした。研修生たちの独断専行に気分を害した様子はない。

普段は伊達が説明役を務めているが、北上は「僕からお話しします」と先んじて一歩を踏み出した。これで罪滅ぼしになるわけではないが、せめてものけじめとして、自分から正直にこれまでの一部始終を語るべきだろうという気がした。

双子の容疑者のこと。ポリグラフ検査の内容とその結果。二人から個別に聞き取りを行った際の様子。北上はなるべく丁寧に、これまでに分かっていることを伝えた。

「——以上になります」

十五分ほどかけて説明を終え、北上は土屋の様子を窺った。彼はじっと写真を見ていた。何の画像処理も施していない、ありのままの遺体写真だ。

「えーっと、さっきの話だと、兄貴の方が怪しく感じられたんだよな」

「はい。写真を見せた時の反応が顕著でした」

「目を潤ませてたんだったか。ふむ……」

土屋はおもむろに腰を上げ、ゆっくりとドアのところまで歩いて、また自分の席に戻ってきた。

「遺体の顔に掛けられたハンカチについて、君らはどの程度議論をした?」

立ったままの北上たちを見回しながら土屋がそう問う。

「正直なところ、それはほとんど議題になりませんでした」と伊達が答えた。

「犯人は被害者の女性を大切に思っていた。だから、愛情表現として、最後にハンカチを掛けていったんじゃないでしょうか」

愛美の返答に、土屋は曖昧に頷いた。

「うん、まあ、そういう解釈はあるだろう。もう少し、別の視点の意見はないか？」

「そのハンカチは、容疑者たちが被害者にプレゼントしたものです」と伊達が続いて口を開く。「それを知っていた第三者……すなわち真犯人が、双子に罪をかぶせようとした、という可能性はあるでしょうか」

「プレゼント。ふむ。どっちが贈ったものなんだ？」

「二人ともです。ほぼ同時期に、二人が同じ色の、同じブランドもののハンカチを彼女に贈っています。だから色や模様では区別はできません。今回の事件が起きるまで二人ともそのことを知らなかったようで、純粋な偶然だったようです」

「双子が生み出したシンクロニシティってところか。興味深いが、真相に近づくルートはまだ見えないな。他に意見は？」

何か言おうと、北上は必死に思考を巡らせていた。だが、噛み合わないギアを無理やり回しているようなぎこちなさがあるばかりで、これといった妙案は思い浮かばない。

そこで、北上は自分が土屋ばかりを見ていることに気づいた。

早く彼のアドバイスを聞きたい、真相に繋がるヒントをオープンにしてほしい。そんな甘えが自分の思考を邪魔しているのだ――そのことに思い至った瞬間、ふと、遺体にすがりつく男の姿が脳裏をよぎった。

今のは……。

空想の産物かと思ったが、すぐにそうではないと気づく。それは、双子の兄、佑志が解説記事を書いた映画のワンシーンだった。一九六〇年代の海外の名作で、近いうちにアメリカでリメイク版が作られることになっているものだ。映画に興味があったわけではないが、何かの参考になるかと思い、北上は佑志の記事に目を通していた。

「……演出、だったのではないでしょうか」

ぽつりと漏らした北上の呟きに、「ほう?」と土屋が片方の眉を動かした。「もう少し具体的に言ってみてくれ」

「双子の兄、佑志はエンタメ系の雑誌のライターで、学生時代から映画をたくさん見ていたそうです。そうして無数の『よくできた』恋愛に触れ合ううちに、ある種の理想というか、最期は美しくあるべきだという思想が芽生えたのではないでしょうか」

「そう、それだ。俺もその視点で今回の事件を捉えたいと感じていた。だから、映画通という今の情報は非常にありがたい。思考を飛躍させるための足場を固めてくれる」

土屋はそう言ってボールペンを手に取ると、指揮者のようにそれを揺らしながら室内を歩き始めた。

「演出で恋人の顔にハンカチを掛けるようなロマンチストが、果たしてそれだけで満足するだろうか。それがノーである可能性は、それほど低くないはずだ。では、満足できなかったその兄は、他にどんな演出を施したのだろうか。誰か、意見は？」

　土屋が足を止め、くるりと振り返る。彼の視線は北上の方に向いていた。北上はあえて視線を逸らし、足元を見つめながら再び思考に意識を集中させた。

　殺人の直後の犯人は、自分に酔った状態だった。悲劇を作り出した自分を憐れみ、命を落とした恋人を思って感傷的になったかもしれない。

　二度と彼女と会えなくなる。そんな時、ナルシシズムに囚われた人間はどんな行動を取るだろうか。

　さっきイメージが浮かんできた、映画のシーン。佑志は解説記事の中でその続きに触れていた。

　主人公の男は、病で亡くなった恋人と、二人きりの時間を過ごす。彼は冷たくなった恋人のそばにしゃがむと、愛おしそうに頰を撫で、そして……。

「……もしかして、口づけですか」

「それが映画だとすると、非常にベタな演出だよな」と土屋が微笑する。「しかし、だからこそ今回の事件にはふさわしいように感じる。犯人は恋人と最後のキスを交わし、ハンカチを顔の上に置いた。つまり、そのハンカチには――」

「犯人の唾液が付着している可能性があります」と北上は先回りするように言った。

「その通り」

「……あの、室長。唾液を分析すれば何かが分かるんでしょうか」

伊達の問いに、「分かります！」と愛美が力強く言った。

「プロテオーム解析をするんです！　アルドステロン、コルチゾール、アミラーゼ、インターフェロン、免疫グロブリンA、TNF - アルファ……唾液には様々なタンパク質が含まれていて、その成分の多寡は人によって異なります。遺伝要因より生活習慣に強く依存するので、双子であっても同じになることはないんです。つまり、各成分の含有量を分析すれば、個人を特定するパターンがはっきりと表れるはずです！」

愛美が早口にそう説明した。ほぼ息継ぎなしで喋っていたので息が荒い。

「バイオロジーに詳しい人間がいると、説明が楽でいい。理屈はいま彼女が言った通りだ。誰が作業を担当する？」

「三人でやります」と愛美が即答する。「ですから、室長は出雲所長に連絡して、ハンカチをこちらに回すようにお伝えいただけませんか」

「まあ、それくらいならやろうか。君らの検証が成功することに期待しよう。じゃ、俺はこの辺で」

土屋は持っていたボールペンを適当に机に放ると、軽く手を上げて部屋を出ていった。

「……なんか、嵐に巻き込まれた気分だ」伊達が右手でこめかみを押さえながら言う。

「話がまとまるのが早すぎるんだよ」

「いいじゃないですか、その方が。っていうか、北上くん、なんかすごかったね。室長と対等に議論してたじゃない」

「……無我夢中でした」と、北上は息を吐き出した。

頭の芯がじーんと痺れている。足もふらついている。持てるエネルギーを振り絞って仮説を紡ぎ出したのがよく分かる。

ひょっとすると、酒に酔うというのはこういう感じなのだろうか。

味わったことのない未知の感覚を想像しながら、北上は倒れ込むように近くの椅子に腰を下ろした。

8

蓮田佑志が自宅でノートパソコンに向かっていると、玄関のドアをノックする音が聞こえた。

控えめなその音に、心臓が過剰に反応する。

胸に手を当てて深呼吸し、佑志は玄関へと急いだ。

ドアを開けると、健志が「よう」と手を上げた。彼を中に入れ、ドアの隙間から顔を出してアパートの周囲を窺う。午後十一時半の住宅街はしんと静まり返っている。遠くから微かに犬の鳴き声がするだけだった。

「そんなに警戒しなくても大丈夫だよ。尾行が付いてないのは確認済みだ」

健志は慣れた様子で家に上がると、廊下の冷蔵庫から出したミネラルウォーターを勝手に飲み、「夜なのに馬鹿みたいに暑いな」と笑った。

「……よく、そんな顔ができるよな」

ドアを閉めてチェーンロックを掛け、佑志はぽつりと呟いた。殺人の容疑者として警察にマークされているというのに、健志の振る舞いは事件前と変わらない。

健志はペットボトルを冷蔵庫に戻し、「これは、運命だったんだ」と落ち着いた声音で言った。「絵里奈が俺たちのどちらも選べなかった時点で、こういう結末を迎えることが決まったんだよ」

「……俺はそんな風には割り切れない。絵里奈が死なずに済む未来もあったはずなんだ。俺がもっと早くすべてを打ち明けていたら……そう考えずにはいられないんだ」

絵里奈が浮気していることに、以前から佑志は気づいていた。

きっかけは、絵里奈が映画を見に行った話をしたことだった。『一度きりの恋』という、キスシーンが印象的な恋愛映画だ。絵里奈はその作品を褒め、「またああいう映画を一緒に見に行きたい」と言った。だが、佑志は絵里奈とはその映画を見ていない。彼女に誘われたが、試写会ですでに見ていたので断ったのだ。

最初、相手が誰かは分からなかった。彼女の所属している劇団の誰かだろうと疑って調べてみたりもしたが、はっきりとした証拠は出てこなかった。

健志と浮気していると分かったきっかけも、やはり『一度きりの恋』だった。健志と話している最中にその話題が出た時、佑志は強い違和感を覚えた。健志は一人で映画を見に行くタイプではないからだ。

まさかと思い、佑志は何度か健志を尾行した。そして、絵里奈のアパートに入っていく彼の姿を見てしまったのだった。

浮気の確たる証拠を掴んだものの、それを二人にぶつけて事態の収拾を図る勇気は持てなかった。そもそも、絵里奈と付き合っていることは健志には伏せていた。「黙っていてね」と絵里奈に頼まれたからだ。

健志自身に悪気はない。なんとか絵里奈を説得して浮気をやめさせるしかない。そう考えているうちに、悲劇は起こってしまった。

その事実を改めて思い返していると、前触れもなく目が潤み始めた。最近、動揺したり感情が昂ったりすると、こんな風に涙が出てしまう。以前はこんなことはなかった。情けない人間になったのは、絵里奈が死んでからだ。

「また泣いてるのか」健志が呆れたように言う。「頼むぜ、兄さん。もっと堂々としてもらわないと、警察に怪しまれるぞ」

「……悪い。外では気をつける」

佑志は手の甲で目尻の涙を拭い、健志と共に部屋に入った。

室内を見回し、「また一層汚くなったな」と健志が眉根を寄せる。「前も言っただろ。生活が乱れてるって。早く元に戻さないと、動揺してるって思われるぜ」

健志はそう言って、雑誌をどけてベッドに腰を下ろした。

「じゃあ、定例報告と行こうか。昨日、俺のところにまた科警研の人間が来たんだ。そっちはどうだった？」

「この家まで来たよ。この間と同じ北上ってやつと、もう一人、伊達っていう男も一緒だった」

「俺の方と同じだな。唾液と涙と汗を採集されたんだけど、兄さんは？」

「一緒だ。それだけやって、すぐに帰って行ったよ」

「……そうか。何に使う気なのかな」

健志は思案顔を浮かべ、組んだ足先を揺らし始めた。

「……なあ、健志。本当にこのまま逃げ切れると思ってるのか」

「大丈夫だよ、兄さん。堂々としていればいいんだ。余計なことは考えなくていい。俺が責任をもって作戦を立ててるから、その通りに行動してれば問題ないさ」

健志の表情や口調は相変わらず明るい。だが、足先だけは忙しなく上下に揺れている。健志も心の中では不安と戦っているのだ。おそらくは、自分と同じか、それ以上に強い不安と。

そんな弟の姿を見ていると心が痛んで仕方がなかった。彼をこんな風にしてしまったのは、自分なのだ。そのことが切実に胸に迫り、息苦しさを覚えてしまう。

「健志。……もう、無理をするのはやめないか」

ぽつりと佑志はそう漏らした。

「無理？　無理ってなんのことだよ」

「正直、俺はもう疲れたよ。……絵里奈を殺してしまったのは事実なんだ。一生こんな生活を送るくらいなら、すべて話して楽になった方が……」

「何を言ってるんだよ！」床を踏み鳴らすように、勢いよく健志が立ち上がる。「今さらそんなことできっこないだろ！　最後までやり通すしかないんだよ！」

健志が唾を飛ばしながら叫ぶ。

その声の残響が消えた時、ふいにチャイムが鳴った。

また、心臓が大きく跳ねる。

……こんな時間に、来客が？

手のひらに汗がじわりと染み出てくる。

向けた。

「出なくていい」

不安げに健志が言う。だが、佑志は何かの予感に引っ張られるように玄関へと足を向けた。

再びチャイムが鳴る。

佑志は唾を飲み込み、ゆっくりとドアを押し開けた。そこにいたのは、絵里奈の事件の捜査をしている刑事たちだった。

「……どうしたんですか、こんな時間に」

「こちらに、弟さんはいらっしゃいませんか。ご自宅の方に伺ったんですが、不在でしたので」

「弟に何の用ですか」

尋ねる声が自然と震えた。

刑事は足元の靴を見て、「見覚えのある靴がありますね」と言った。「弟さんが来てるんですか」

「……こちらの質問に答えてください。用件は何ですか」

相手にそれを言わせるべきではない。聞きたくない。そう思ったが、佑志はそう尋ねずにはいられなかった。

刑事はさりげなくドアレバーを摑んで、ドアを閉じられないようにした。そして、冷静にこう言った。

「吉富絵里奈さん殺害の件で、弟さんに……蓮田健志さんに逮捕状が出ています」

「……ああ」

声にならない声と共に、佑志は廊下に膝を突いた。

また、涙が滲み始める。それが悲しみの発露なのか、それとも安堵から来るものなのか、佑志には判断ができなかった。

9

八月三日、金曜日。土屋が教員室で次の研究のアイディアを膨らませていると、電話が鳴り始めた。

時計を見ると、午後九時ちょうどだった。土屋はアイディアの断片を書きなぐったコピー用紙を丸めて段ボール箱に投げ捨て、受話器を取った。

「私だ。今週はどうだった？」

出雲は懲りずにまた同じ言葉を口にした。しかし、普段よりわずかに声が高い。彼には珍しく、少し興奮しているらしい。

「ようやく投稿する論文の修正が終わりました。今は秋からの新しい研究のネタを探しているところです」

「そうか。――例の双子の件、気になるんじゃないか」

なるほど、その話をしたがっていたのか。土屋は頭を掻きながら、「いえ、それほど」と答えた。

「逮捕された弟は、素直に取り調べに応じている。そちらが提示した証拠が決め手になったな」

「俺は別に何もしていませんよ。作業をしたのは研修生です」

「真相を暴くためのコアとなるアイディアを出したのは君だろう」

「いや、どうだったか忘れました。……というか、予想自体は外れていましたしね」

犯人は遺体にキスをした。だから、顔に掛けられたハンカチを分析すれば、犯人の唾液が検出されるはずだ。唾液のタンパク質成分には個人差がある。それを分析すれば双子のどちらが犯人か特定できる――それが、ディスカッションによって導き出された仮説だった。

だが、予想と事実は二つの点で食い違っていた。

第一に、体液の成分だ。遺体に掛けられていたハンカチを調べてみると、確かに液体が付着した痕跡が見つかった。ところが、含有成分を調べてみるとそれは唾液ではなく、涙液だった。犯人の蓮田健志は涙を流しながら彼女に口づけをしたらしかった。

　もう一つの誤りは、犯人の予測だ。遺体の写真を見た時の動揺は、兄の方がずっと大きかった。その話を聞き、土屋もてっきり兄が犯人だと思い込んだ。だが、実際は逆だった。弟と共に臨んだポリグラフ検査で現場に関する情報を得た彼は、恋人の最期の様子をあれこれ想像し、それで敏感になっていたのだろう。あるいは、弟をかばっているという精神的なストレスが、彼を涙もろくしていたのかもしれない。

「犯罪に対する嗅覚がずいぶん鈍っているようです」と土屋は言った。「ブランクがあるとダメですね。やはり、捜査の現場に戻るのは厳しそうです」

「何を弱気なことを。推理するにも限度というものはある。相手は遺体を前に自分の世界に浸るナルシシストと、そいつをかばおうとした兄だ。そんな連中の頭の中を読み切ることなど、誰にもできるはずがない」

「いやあ、どうですかね。科警研にいた頃の自分だったら、もう少し慎重な読みをしていたような気がしますよ」

「そこまで卑下する必要はないだろう」出雲の声に不快な気配が混じる。「読み違えたことに納得できないなら、次からは君が直接指揮を執るようにすればいいだけだ。一〇〇パーセントの力で臨むんだ」

「……何度もお伝えしていますが、自分はそれほど器用な人間じゃありません。大学の研究で精一杯なんです。確かな成果を望むのであれば、分室の室長という役職を解いてもらって、他の人間を派遣してもらえませんかね」

「悪いが、私の返答も最初から変わっていない。それは受け入れられない。君の才能は犯罪捜査の現場でこそ輝くものだと私は確信している。なんとしても、君を復帰させてみせる」

「……平行線ですね、完全に」土屋はため息を落とした。「買いかぶりすぎじゃないですか」

「そんなことはない。……いいか。土屋。人間ならば、誰でも挫折を味わうものだ。一つの失敗をいつまでも引きずる必要はない。足を止めて休んで、また歩き出せばいい。ただそれだけのことだ。そして、再び歩き始めるべき時はもう来ている」

「立派なお言葉、ありがとうございます。ただ、期待には添えないと思いますが」

「無理強いをするつもりはない。最終的な判断は君が下せばいい。私はただそれを待ち続けよう。では、また来週」

出雲はそう言って電話を切った。

「……最終的な判断、か」

結論は出ているし、それをひっくり返すつもりもない。ただ出雲がそれに納得していないだけのことだ。「君が判断をすればいい」と出雲は言ったが、実際のところ、自分の望む答えが出るまで、出雲は説得を諦めないだろう。

精神的な疲労を覚え、土屋は机に突っ伏した。少し仮眠を取って頭を切り替えないと、とても研究のアイディアを考えられそうになかった。

10

同時刻。本郷分室から徒歩五分、東啓大へと続く坂道の途中にある居酒屋で、北上は愛美や伊達と酒を飲んでいた。

三畳ほどの広さの個室で、周りの部屋からはふすまと壁で完全に仕切られている。飲み始めてそろそろ二時間になる。掘りごたつ式のテーブルには、枝豆やフライドポテト、さっきまで唐揚げが入っていた空の皿などが並んでいた。

やってきた店員に空のグラスを渡し、伊達がウーロン茶を注文する。

「あれ、もうソフトドリンクに切り替えるんですか。飲み放題の時間、まだ終わってませんよ」

北上がそう指摘すると、「もう充分だよ。お前に付き合うとひどいことになるからな」と伊達は顔をしかめた。

「私はまだ行きますよ」

愛美はジョッキに残っていたビールを飲み干し、「同じものをお願いしまーす」と威勢よくオーダーした。今日は彼女が一番ペースが速い。顔もかなり赤くなっている。

「いやー、それにしても、よかったです、無事に解決して」

愛美がテーブルに身を乗り出すようにして言う。

「そうだな。北上の活躍のおかげだな」と伊達が頷く。

「僕は何もしてませんよ」と北上は首を振った。「結局はまた、土屋さんに頼る形になってしまいました」

具体的なアドバイスをもらったわけではなく、四人で話をしている最中に方向性が決まったのは事実だ。それでも、土屋が議論の方向をさりげなく誘導しなかったら、ハンカチを分析するという、核となるアイディアには行き着けなかっただろう。やはり、土屋の視野の広さ、洞察力の鋭さにはまだまだ及びそうにない。

「今回の事件で、私、思ったんです。北上くんはもっと、自己主張をしていくべきだって。自分一人であれこれ考え込んでちゃダメだよ。土屋さんみたいにズバッと事件の真相を見抜くには、わがままになることが大事だと思うんだ。伊達さんくらい露骨にギラギラした感じにならないと」

「おい安岡。さりげなく俺をディスるんじゃねえよ」と伊達が苦笑する。「我を出すことと、事件の解決がどう絡むんだ？」

「思いついたことを口にして、それを実行すれば、何かの結果は出ますよね。それをもとにまた別のアイディアを生み出していくんですよ。何も言い出さなかったら、伸びるポテンシャルを持った思考が眠ったままになっちゃいます。そういうことです」

「……分かるような、分からないような」と首を傾げ、伊達はグラスに残った氷を口に運んだ。「まあ、安岡理論はともかくとして、ずっと黙っているやつよりは、頻繁に考えを話してくれるやつの方がやりやすいのは確かだな。だから、アイディアがあるならガンガン言ってくれて構わないぜ」

「……分かりました。すぐに、というのは難しいですが、できるだけのことはやっていきます」と北上は答えた。

意図してそうしたわけではないが、たまたま議論の中心に立ったことで見えたものがあったのは確かだ。

実験さえやれたらそれでいい、というポリシーは消極的すぎる。北上は少しずつそう感じるようになっていた。自ら意見を出し、進むべき方向を見出していく。そして、より価値が高く、捜査に貢献できる分析手法を選び出す。少しでも土屋に近づくためには、そうした努力をもっと強く意識すべきなのだろう。

「研修も、残り二カ月を切りましたね」ビールを飲みながら、愛美がぽつりと言う。

「正直なところ、大きく成長したって実感はないんです。だから、私ももっと頑張ります。打倒土屋を合言葉に、今まで以上に気合を入れて仕事に打ち込みましょう」

「別に打ち倒す必要はないと思うけどな。ま、でっかい成果を挙げたいよな」そう言って、伊達がグラスを軽く持ち上げる。「乾杯でもしておくか」

「どういう名目で？」

「北上。言ってやれ」と、伊達が顎を振る。

「えーっと……」北上は少し考えてから、「では、それぞれが思い描く、理想の研修の達成を祈念して、乾杯しましょうか」と言った。

「硬いなおい」

「いいじゃないですか。それで行きましょう」

「じゃあ、乾杯」

北上の合図で、それぞれにグラスをぶつけあった。その時初めて北上は、飲み会も悪くないな、と思った。

それを言うべきかどうか迷ったが、高揚に促されるように、「なんか、いいですね」と北上は素直な気持ちを口にした。「仲間になった、って感じがしました」

「……恥ずかしいことを言うなよ」と伊達が首を振る。

「赤面モノやね」と、赤ら顔の愛美が笑う。

そんな二人を見比べて、「どうも、失礼しました」と北上は笑みを浮かべた。

第四話　伝播するエクスタシー

1

激しい雨が降っている。

小石のような雨粒が家々の屋根を叩く中、彼は住宅街の路地をさまよっていた。

頭まで被（かぶ）ったレインジャケットの表面で雨が弾（はじ）けて小さく震える。まるで、空の上の誰かが、「早くしろよ」と急（せ）かしているかのようだ。

すぐに血を見せてやるよ、と彼は心の中で呟き、右手のバットケースを持ち直した。その中には、彼が実家の倉で発見した日本刀が収められている。一太刀（ひとたち）で骨すら断ち切る、重くて鋭い刀だ。倉から自宅アパートにこっそり持ち帰ったので、両親も親族も刀が消えたことには気づいていないはずだ。

人を斬るのは雨の夜と決めていた。目撃されるリスクを減らすというのが一番の理由だ。返り血を浴びてもレインウェアが防いでくれるというメリットもある。血や匂いは雨が流し去ってくれるので、警察犬による追跡からも逃れられる。

だが、実際に犯行を重ねるうちに、彼は雨の持つ特別な力を感じ取れるようになっていた。濡れたアスファルトや土の匂いといい、黒く泡立つ路面で妖（あや）しく輝く街灯の白い光といい、鼓膜を揺らす歓声のような雨音といい、まるであつらえたかのように、殺意を昂らせる要素が揃っているように思えるのだ。

刀を手に入れた当初は、草や枝を切ってストレスを発散していた。それがやがて野良猫や公園のハトになり、最終的には人間に行き着いた。ただ、人殺しを決意したのは、うっぷん晴らしのためではない。事件を起こして自分を追い込み、その勢いに乗じて自殺するためだった。

だが、今は違う。自分から死のうとは思わない。一回でも多く、人を斬るこの快感を味わいたい。それが今の彼の望みだった。

周囲を見回しながら、足を清めるように水たまりを選んで進んでいく。元々人通りが少ない上に大雨とあって、さっきから人影が見当たらない。

足を止め、腕時計で時刻を確認する。午後十一時五十分。そろそろ獲物を探して一時間になる。焦らす時間が長いほど殺人の快感は増すとはいえ、さすがに疲れを感じ始めていた。

あと三十分だけ続けて、それでダメなら帰ろう。

そう決めて歩き出した時、視界に動くものが飛び込んできた。

やがて、二十メートルほど先の、街灯の光の下に人影が現れる。赤い傘を差した、小柄な若い女だった。向こうはまだこちらに気づいていない。彼は民家の間の、狭い隙間に体をねじ込んだ。

息を潜めて待っていると、女がスマートフォンを操作しながら目の前を通り過ぎていった。化粧っけのない、素朴な顔立ちをしていた。スーツを着ているのでおそらく成人はしているだろうが、それよりもっと若く見えた。

——柔らかそうなあの肌を切り裂いてやろう。

舌なめずりをして、彼は路地へと滑り出た。

バットケースを左手に持ち替え、ファスナーを開けて、鞘から刀を引き抜く。

女はさっきと変わらない速度で歩いている。こちらの足音は雨が消してくれる。彼は背後に誰もいないことを確認してから、大胆に女に近づいていった。

右手に掛かるずっしりとした重みが、自然と呼吸を荒くさせる。まるで、刀自身が興奮していて、それが柄を通して伝わってくるかのようだ。

小さく刀を振る。刀身に付いた雨のしずくがきらめいて飛んでいく。また一段階、彼の吐き出す息が熱を帯びた。

十二メートル、十メートル、八メートル……。

二メートルずつ、頭の中でカウントダウンしながら近づいていく。

残り六メートルのところで、女がふと足を止めた。

こちらの足音に気づいたのだ。なら、遠慮することはない。彼はさらに歩く速度を速めた。

女が慌てたように素早く振り返る。

彼の姿を見た瞬間、女は大きく目を見開き、ぐっと息を吸い込んだ。

その顔だ――。

にやりと笑い、彼はバットケースを投げ捨てて両手で柄を握った。

相手に叫ぶ暇を与えるつもりはなかった。

上段に刀を構えると、彼は容赦なくそれを女の首元へと振り下ろした。

2

九月五日、水曜日の朝。

本郷分室で新聞を読みながら、北上は大きなため息をついた。

「どうした、えらく憂鬱そうだな」と、伊達が読んでいた専門書から目を上げる。

「決まってるじゃないですか」愛美が椅子を回し、北上の方に体を向けた。「あの事件の記事を読んでいたんだよね」

「……そうなんだ」

新聞を折り畳み、机に置く。朝刊の一面の見出しは、〈雨の日の惨劇(さんげき)、またしても防げず〉とあった。それに続く記事の本文の論調は厳しい。記者は、人命が失われるのを食い止められなかった警察をこれでもかと批判していた。

ここひと月ほどの間に、都内で四件の連続通り魔殺人事件が起きていた。現場は、練馬区や板橋区、中野区の住宅街の路上で、事件が起きるのは決まって雨の夜だった。一件が未遂で、残りの三件ではそれぞれ一人ずつの人命が奪われている。凶器はいずれのケースも日本刀と推測されており、亡くなった被害者は全員、胸を深々と切り裂かれていた。このことから、世間では「現代の辻斬り」などと呼ばれている。

「昨日の事件のニュース、私も朝、テレビで見てきたよ」と愛美が神妙に言う。「亡くなったのは、今年の春に大学を卒業して商社に入った女性だったんだよね」

「ああ。会社の飲み会で遅くなり、一人で帰宅中にやられたらしい。鎖骨からへその辺りにかけて、ズバッ、だ」

伊達が眉根を寄せつつ、自分の胸を手刀でなぞる。新聞の報道によれば、その切り口は剣豪もかくやの鋭さだったという。犯人は犯行を重ねるたびに腕前を上げているらしく、最初の頃に比べると明らかに大胆さが増しているとのことだった。

「マスコミの論調は、警察批判の方向に傾いてきてますね」

北上の言葉に、「仕方ないよ」と愛美が嘆息する。「これだけ短期間に事件が連続しているのに、未だに犯人の手掛かりを摑めてないからね……」

愛美の言葉に、北上は唇を嚙んで頷いた。

もちろん、警察もただ手をこまねいているわけではない。現場を中心に多くの人員を投入して目撃情報や証拠収集に当たっている。ただ、未だに犯人検挙に至っていないのは事実だ。都民の不安が高まりつつある中で、警察の責任を問う声が大きくなるのは当然と言えた。

「犯人は男なんだよな。確か、未遂で終わったのは二件目だったかな」伊達がインターネットの記事を確認する。「この時の被害者は女性だな」

立ち上がり、愛美が伊達のノートパソコンの画面を覗き込んだ。

「路上でいきなり斬り付けられたが、肩に切り傷を負っただけで命に別状なし、ですか。運がよかったですね」

「初撃をかわしたところに、たまたまタクシーが通り掛かったっていうんだから、確かに強運だよな。通報されるのを恐れて、犯人は止めを刺さずに逃げ出してる。この女性の証言によれば、犯人は身長一七〇センチ前後の男だそうだ。レインウェアにマスク姿だったが、『目元の印象から若そうに見えた』って言ってるな」

「監視カメラの映像はないんですか」

「残念ながら映像の証拠はない。事前に下調べをしてるのかもしれないな。なかなか頭の切れる男らしい」伊達は首を振ってブラウザを閉じた。「警察も人員を増やしているみたいだが、どうかな、苦戦が続きそうな気はするな」

「そのことなんですが」と北上は二人を交互に見た。「僕たちもこの事件に関われないでしょうか」

「私たちが？」愛美が自分の顔を指差す。「どういう風に？」

「遺留品を鑑定して、犯人像を暴き出す……って感じになると思う」

「そういうことはもう、警視庁の科捜研でやってるだろ」

「それはそうなんですが、それプラスで何か貢献できないかと……」

「確かに、最近はこれといった鑑定依頼がないしね。この事件なら、室長も乗り気になるんじゃないかな」

「おいおい、ちょっと待てよ」と伊達が愛美にストップをかけた。「科警研に来た依頼をチェックする権利は与えられてるけど、それ以外の事件にも首を突っ込んでいいとは言われてないぜ」

「それはそうですけど、東京の……いえ、日本の一大事ですからね。伊達さんにとっても名をあげる大きなチャンスになるんじゃないですか。もしこの案件を解決に導ければ、科警研入りの可能性が大きく広がりますよ」

「……いや、それは分かるけどな。今回は警察も本気の本気なんだぜ。横槍（よこやり）を入れたら激怒するんじゃないか」

「そんなの気にしてる場合じゃないですよ」

愛美が席を立ち、土屋の席に置かれている受話器を手に取った。

「おい、どこに電話するんだ」

「それはもちろん、出雲所長にです。直談判します」

「——その必要はないぞ」

いきなり聞こえた声に振り返ると、土屋が分室の入口に立っていた。

「あの、私たちの話、聞いてらっしゃいましたか」と愛美が上目遣いに尋ねる。

「最後の部分だけな。『科警研入りのチャンスが……』辺りからだ。知らなかったな、君らがそんなことを考えていたとは」

「あ、いえ、科警研への出向を目指しているのは伊達さんだけです」

愛美が慌てて繰り出した一言に、「……お前、それはフォローになってないぞ」と伊達がうんざりした表情を浮かべた。

「まあ、その辺のことは好きに議論してくれ。俺には君らの願いを叶える力はない」

土屋はそう言って、自分の机に分厚い封筒をどさりと置いた。「出雲さんが送ってきた、例の連続辻斬りに関する捜査資料だ」

「それは、ひょっとして」

北上の視線を受けて、土屋は小さく肩をすくめた。

「まあ、そういうことだ。ぜひ捜査に協力してほしいと言われた。普段なら断るところだが、今回は現在進行形で起きている事件だからな。引き受けざるを得なかった。しかし、終わっていない事件だからこそ、いつものような中途半端な態度で臨むべきではないと思っている」

だから、今回は研究の手を止めてこちらに注力する——。

そう宣言するのかと思ったが、土屋の口から出てきたのは、「だから、君らに任せる」という普段と同じ言葉だった。

「そんな、無責任じゃありませんか」

愛美が険しい視線を土屋に向ける。

土屋は冷静にそれを受け止め、「俺の頭は研究の方に向いてしまっている。方向転換は容易じゃないし、かなり時間がかかる。急ぎの案件だし、君らなら真剣に取り組んでくれるだろう。物覚えの悪い俺だが、その判断ができる程度には、君らの実力を理解しているつもりだ」と自分の考えを述べた。

「……室長……」

愛美が囁(ささや)き声を漏らす。その目に、最前までの鋭さはもう宿っていなかった。

土屋は机の上の資料をぽんと叩くと、「たぶん、時間的に君らが挑む最後の案件になるだろう。全力で頑張ってくれ」と言い残し、分室を出ていった。

「お墨付きが出ましたね」

北上は伊達の方に顔を向けた。彼は「それだけ重大な事件ってことだな」と言い、資料の入った封筒の一つを手に取った。「遠慮はいらないってことらしい。やろうぜ、全力でな」

体にエネルギーが充塡されていく感覚があった。道警にいた頃も含め、連続殺人に関わるのはこれが初めてだった。

この案件は、きっと自分の人生のターニングポイントになるだろう。そんな予感に突き動かされるように、北上は資料の封筒を摑み取った。

3

翌朝。午前九時に北上たち三人は本郷分室へと集合した。

「よし、やろうか」

伊達の号令で椅子を部屋の中央に移動させ、向かい合わせにする。

椅子に座った途端、北上はこらえきれずに大きなあくびをした。それを見た伊達が「おいおい、調子が狂うな」と首を振る。

「大事なディスカッションなんだよ。集中していこ」と愛美も厳しい。

「……すみません、朝が早かったもので」

弁明しつつ、北上は伊達と愛美の様子を窺った。伊達の目は赤く、愛美の目の下にはうっすらと隈が見える。二人とも、昨日はかなり遅い時間まで資料を読んでいたのだろう。

「では、連続辻斬り事件の犯人検挙に向けた方針について話し合いましょう」

「固い固い。開会の挨拶はいいから、さっさと始めるぞ」

「すみません。では、僕の方で簡単に事件を振り返ります」

北上は印刷してきた自前の資料を二人に渡した。

「第一の事件は、八月四日、土曜日の午後十一時半頃に発生しました。現場は練馬区、西武池袋線の石神井公園駅から北に三百メートルほどの住宅街です。被害者は四十二歳の女性で、ドラッグストアでのレジ打ちの勤務を終えて帰宅する途中に犯人に襲われました。振り向いたところを一刀両断にされたようで、腕には防御の形跡はありませんでした。おそらく、何が起きたのか分からないうちに絶命したものと思われます。当日は昼過ぎから雨が降っていました。現場に犯人のものと思われる遺留物はなく、有力な手掛かりは見つかっていません」

「……思ったんだが、初っ端からずいぶん手際がいいよな」と伊達。「犯人は居合い切りの心得でもあるのか？」

「推測ですけど、刀を手に入れた犯人は、試し切りして腕を磨いたんだと思います」

と愛美がすかさずコメントする。「その傍証として、最初の現場からさほど遠くない公園で、猫やハトの死骸が見つかっています。いずれも鋭い刃物で切り殺されていました」

「それらが報告されたのが今年の五月から六月に掛けて……時期的には一致します」

と北上は補足した。

「いや、それはもちろん分かってる。しかし、動物と人間は違うだろう。だから、腕に覚えのある人間を追うというのも手だと俺は思う」

「方針はまたあとで議論しましょう。ひとまず次に行きます」と北上は資料をめくった。「第二の事件は八月十三日、月曜日の午後十時四十分頃に発生しました。昨日少し話に出た、未遂に終わった一件ですね。現場は板橋区で、やはり閑静な住宅街です。東武東上線の上板橋（かみいたばし）駅から北東に二百メートルといったところでしょうか。最初の現場からは八キロメートルは離れています」

「犯人は車かバイクで移動してたんだろうな」

「裏をかいて自転車かもしれませんよ」

伊達と愛美が短くコメントを口にする。

「駅を使った形跡はないし、タクシーの運転手からもそれらしい目撃情報は得られてないから、自力で移動したのは確かだと思う。でも、自転車はどうかな。この日は台風が接近してて雨も風も強かったんだ」と北上は愛美の意見に疑問をぶつけた。

「まあ、可能性だけ言えば徒歩ってことも考えられるけどな」と伊達。「その女性だってそうだろ。彼氏の家に行くために、台風の中を歩いてたらしいじゃないか。その彼氏もびっくりしただろうな。会いに来るはずの彼女がとんでもない目に遭ったんだから」

「いま思いついたんですけど、その二人がグルって可能性はあるでしょうか。被害者になることで、疑いの目を逸らそうとしたとか」

「北上くん、資料の読み込みが足りないんじゃない。その彼にはアリバイがあるよ。襲撃の時刻の直後に家を出るところを隣人が目撃してるんだから」

「その目撃証言が偽証だ、って可能性もなくはないな。タクシーが通り掛かったおかげで助かったってのも、怪しいといえば怪しい気はする。……まあでも、さすがに深読みしすぎか。その時点で警察にマークされてたわけじゃないし、偽装してまで被害者になりすますメリットはないよな」

　愛美と伊達が立て続けに意見を口にする。脳と口が暖まってきたようだ。二人とも頭の回転が普段より何割か速い。

「では、これらの証言は正しいと仮定して続けます。第三の事件が起きたのは、八月二十五日、土曜日です。現場は二件目から南に移動して、中野区になります。最寄り駅で言えば西武新宿線の沼袋駅になりますが、住所的には江古田ですね。この日も台風の影響で雨雲が関東に流れ込み、朝からずっと雨が降っていました」

「明らかに犯人は雨の夜にこだわってるな」

「証拠を残さず、かつレインウェアで返り血を防ぐためでしょ。一般的に報道されている推測は合っていると思いますね」

愛美のコメントに北上は「そうだろうね」と同意した。

「ただ、この三件目の被害者はこれまでの二件と違って男性です。医学部を目指して受験勉強中の二十歳の浪人生でした。それと、殺され方も違いますね。斬られたのではなく、心臓を突かれています」

「この一件は不可解な点が多いね」と愛美が首を傾げる。「浪人生の自宅は北区の赤羽で、現場からは十キロ近く離れてるでしょ。家から乗ってきたスクーターは現場付近のコンビニエンスストアに停められてたし、徒歩で何をうろうろしていたんだろうね」

「実はこれは資料にない情報なんだが」と伊達が口の端を持ち上げる。「現場からすぐ近くのマンションに、浪人生の高校時代の同級生が住んでるんだ。今は大学二年生で、しかもかなりの美人らしい」

「そんな情報をどこで?」

北上が驚いて尋ねると、「この浪人生の実家は埼玉の北の方で、埼玉県警の方から警視庁に情報提供があったんだ。で、その情報を知り合いからゲットしたってだけだよ」と伊達は説明した。彼は埼玉県警に籍を置いている。人脈を駆使して独自に情報を掻き集めているらしい。

「つまり、この被害者はストーカーのような真似をしていたと？」

愛美が不快そうに眉をひそめる。

「だとしたら、不自然な行動の説明になるよな。まだそこまで裏は取れてないけどな」

「こっそり彼女の様子を窺っていたら、殺人鬼と遭遇してしまったということですか……不運というか自業自得というか……」と愛美が首を振る。

「この事件でも遺留品は見つかっていません。ただ、それまでの事件と違い、被害者の体にはアスファルトにぶつかってできたと思われる痣(あざ)がありました。初撃をかわし、逃げようとして転倒したのかもしれません」

「あるいは、立ち向かったって可能性もあるな。この被害者は高校で剣道部にいたらしい。刀を奪い取ろうとしたんじゃないか」

「それはどうですかねえ。買いかぶりすぎじゃないですか」と呟く愛美の表情は険しい。被害者への同情は全然湧いてこないらしい。

「それと、不可解なのは被害者がレインジャケットを着ていなかった点ですね。レインパンツは穿いていましたし、当然上も着ていたはずですが、現場からは見つかっていません。犯人が持ち去ったものと思われます」

「なぜそんなことをしたんだろうな、犯人は」

「揉み合いになった際に、被害者のレインジャケットに証拠が残ったんじゃないですか？　例えば自分の血が付いたとか、指紋が付いたとか」

愛美の推理に、「それはありそうだな」と伊達が頷く。「照合されるのを恐れたってことは、犯人は前科者か？」

「そこまでは分かりませんが、いずれにしても、犯人は慎重な性格のようです」

北上はそう言って、資料をめくった。

「そして、つい先日、九月四日に発生した第四の事件です。現場は板橋区桜川の住宅街で、近所に城北中央公園があります。事件発生時刻は午前〇時過ぎ。こちらも、昨日話題に出ましたね」

「ああ。新入社員の女性が、飲み会帰りに殺されたんだよな」

「そうです。やはり、事件当時は強い雨が降っており、現場にこれといった遺留品はありません」そこで北上は資料から顔を上げた。「振り返りは以上です。二人に意見を伺いたいんですが、未遂だった二件目を含めて、被害者に共通点はあると思いますか」

「無差別殺人と見せかけて、実は犯人に明確な意図があるとか?」と愛美。「推理小説でたまにあるよね。本命は一人だけで、それ以外は犯行動機を隠すためのカムフラージュってパターン。伊達さん、何か情報はないですか?」

「今のところは特に、って感じだな。ま、その辺は捜査本部が徹底的に調べてるだろうから、もし繋がりがあればすぐに表に出てくると思う。それより、俺たちは科学捜査に携わる人間だぜ。サイエンスを駆使したアプローチで行かなきゃ存在意義が疑われるだろ」

「しかし、目立った遺留品は見つかっていませんが……」

「解決のヒントは何も物質に限られてるわけじゃない」と伊達が指を振る。「事件を構成する要素そのものが、ヒントになりうるだろ」

「もしかして、プロファイリングですか」

愛美の言葉に、伊達が「その『もしかして』だよ」と顎を撫でる。「事件のデータを解析して、犯人像や次の犯行場所を予測するんだ」

「へー、それって実際にはどうやるんですか?」

「まず、これまでに発生した、あらゆる通り魔事件のデータを準備する。次に、そのデータを、四対一の比率で無作為に学習セットと検証セットに分ける。で、しっかりした計算機能を備えたコンピューターに学習セットを入力して、犯罪の傾向を学習させる。例えば犯人の年齢、性別、身長、体重、出身地、学歴。あるいは、事件の発生時刻、場所、曜日。そういった項目から、『通り魔事件を構成するパターン』を描き出すんだな。分かるか、二人とも」

「僕は大丈夫です。以前、論文で読んだことがあります」

「安岡は？」

「えっと、要するに共通点を抜き出して整理するってことですかね」

「そんなに単純じゃない」と伊達が首を振る。「それよりむしろ、方程式をイメージした方がいいな」

「ａｘ＋ｂｙ＝ｚみたいなやつですか」

「そうそう。もっと項目は多いけどな。学習セットを使って、計算結果が一定の範囲に収まるように、そのａとかｂとかの係数を決めてやるんだ。これで、『通り魔方程式』の一丁上がりだ」

「ｘが犯人の身長で、ｙが事件の発生場所……」そこで愛美が首を傾げた。「ん？身長は数字だけど、場所は数字じゃないですよ」

「例えば、犯人の自宅からの距離や角度に置き換えれば数値化できるだろ。すべての項目に対して、そういう処理を施すんだよ」

「ああ、なるほど……」

「まあ、これはあくまで概念的な説明で、コンピューターの中じゃさらに複雑な計算が行われてるけどな。できあがったものは方程式じゃなくて、『予測モデル』って呼ぶのが一般的だ」

「もっと複雑なんですか。……うーん。私、数学って苦手なんですよ。それが原因でバイオロジーを選んだくらいですし。方程式って単語を聞くと、それだけで頭痛がしてきます」

「詳細は今はいいんじゃないですか。その手法をどう応用するか説明してもらえますか」と北上は先を促した。

「学習セットから通り魔事件の傾向が導き出せたら、次は検証セットでその傾向が正しいかどうかを確かめる。学習セットと検証セットは独立の関係にあるから、検証セットでも予測モデルが成立していればＯＫだ。もしずれが大きいようなら、何度も学習をやり直して精度を高めていく。これでようやく、真の予測モデルが完成するってわけだ」

「その予測モデルを使って、今回の辻斬りの正体に迫ると」

「そういうことだ。犯人がこれまでの通り魔事件と似たような思考をたどるのであれば、いま分かっている情報を予測モデルに入れることで、他の未知の情報が予測可能になるはずだ」

「つまり……犯人の自宅や職業とか、犯行が起こりやすそうな場所とか……ですよね？」と愛美が恐る恐る尋ねる。

「なんだ、理解できてるじゃないか」と伊達が白い歯を見せた。「計算自体は半日もあれば終わる。データの入力を含め、二、三日中には予測モデルを完成させる。端末も確保済みだ。東啓大の理学部の数理情報解析研究室に話をしてある。そこのスパコンを使わせてもらう。ついでに、予測モデルの構築に関してもその研究室にサポートしてもらう算段になってる」

「いつの間にそんな……」

目を丸くする愛美に、「おいおい」と伊達が苦笑する。

「四月から今まで、どれだけ自由な時間があったと思ってるんだよ。俺は俺なりに、自分の持ってるデータ解析って武器を磨いてきたんだよ。こういう日のためにな」

口調はいつもと変わらず軽妙だったが、伊達の目は爛々と輝いていた。

伊達の放つ熱に引き寄せられるように、「データ処理で手伝えることはありませんか」と北上は申し出た。

「じゃあ、私も手伝わせてください」と愛美もすかさず手を挙げる。

「人手があるに越したことはないからな。歓迎するぜ」

伊達はにやりと笑い、椅子から腰を上げた。

「三人で成果を出そうぜ。出雲さんや土屋さんが腰を抜かすくらいの、どでかい成果をな」

4

九月十日、午後二時半。伊達は石神井公園駅で電車を降りた。

駅を出ると、猛烈な熱気が待ってましたとばかりに襲い掛かってくる。今日の最高気温は三〇℃を超えると予報されていた。ひと頃よりは暑さが和らいだとはいえ、ワイシャツの上からスーツを着ているので、中からも外からも熱に攻撃されているような感じだった。

しかし、文句は言えない。重要な会議が控えているのだ。ラフな服装でのこのこ乗り込んでいったらそれだけで信用度が低下してしまう。

心頭滅却すれば火もまた涼し、と心の中で呟き、伊達は早足で歩き出した。

駅の西側に出て、片側一車線の割に通行量の多い都道沿いの歩道を進んでいく。

駅から歩くこと十分足らず。やがて、左手に三階建ての横長の建物が見えてきた。連続辻斬り事件の特別捜査本部が置かれている、石神井警察署だ。外壁が褐色で等間隔にほぼ正方形の窓が並んでいるので、巨大な板チョコが置いてあるような印象を受ける。

ネクタイの結び目を整え、額の汗を拭いてから中へ入る。来意を伝えようと受付に向かったところで、ベンチから立ち上がる人影が見えた。

「時間通りだな」

そこで待っていたのは出雲だった。伊達は背筋を伸ばし、「はっ」と短く答えた。

「外は暑かっただろう。今日はやはり、君一人か」

「ええ、北上や安岡にも協力はしてもらいましたが、今回の解析は私が責任者です。ですので、私から説明するのが筋だと思いました」

そう答えたところで、伊達は出雲の言葉の裏にある真意に気づいた。「室長にも、ひと通り状況はお伝えしたのですが……」と付け加える。

分かっている、というように出雲が頷く。

「いつもの『忙しい』だろう？」

「残念ながら……」

「まあ、仕方ない。我々だけで向かおう」

伊達は出雲に連れられて署の二階へと上がった。

廊下を進んでいくと、会議室の入口に〈練馬・板橋・中野区連続通り魔事件特別捜査本部〉と毛筆で書かれた紙が貼られていた。開かれたドアの向こうにはずらりとテーブルやパイプ椅子が並んでいるが、刑事はほとんどが出払っているようで、住民からの通報の電話番をしている、数人の制服警察官がいるだけだった。

今回の事件では、警視庁の捜査第一課から二個班二十名が、また、石神井署および近隣の警察署から八十人程度が捜査に加わっているという。合計百人の大所帯だ。

特別捜査本部の本部長は警視庁の刑事部長が、副本部長は捜査一課長と石神井署の署長の二名が務めている。しかしながら彼らは責任ある立場であり、いくら重大事件とはいえ、この案件だけに掛かりっきりになるわけにはいかない。実際に捜査の指揮を執る捜査主任官に就いているのは、管理官と呼ばれる役職の人間だ。刑事部捜査第一課では、課長、理事官に次ぐナンバースリーのポストである。

これから伊達は出雲と共に、その捜査主任官と面会することになっている。伊達が予測モデルを駆使して算出した犯人像を説明するためだった。

廊下を歩いているうちに、どんどん心拍数が高まってくるのが分かる。

伊達は大学院時代に、プレゼンスキルを徹底的に鍛えた。学会発表でのパフォーマンスを向上させるためだ。そこで磨いたスキルには自信がある。たとえ千人の聴衆がいたとしても、リハーサルと同じように平然とこなせるだろう。

だが、今回は相手がたった一人なのに、口がからからになるほど緊張してしまっている。

管理官は全部で十数名いるが、その中で最も有能な人物が今回の事件の捜査主任官を受け持っているはずだ。その人物に自分のアイディアが認めてもらえるか否か。警察という組織の中でも、最も厳しい目で評価されることになる。そのプレッシャーが平常心を奪い去ってしまったに違いなかった。

「伊達くん。ちょっと待ちなさい」

歩いている途中で、ふいに出雲が足を止めた。

「……どうされましたか」

「表情が硬い」と言って、出雲は伊達の肩を軽く叩いた。「私も何度か会っているが、相手は話の分からない人じゃない。堂々と自分の意見を述べればいいだけだ」

「よろしいんでしょうか、会ってしまっても」伊達は気になっていたことを尋ねた。

「私は科警研の本部の人間ではありません。私が捜査主任官と会うことを、本部の方はどう思っているのでしょうか」

「安心したまえ。科警研本部には今回のことは何も伝えていない。知らないのだから、悪感情を抱かせる心配もない。ついでに言えば、ここの捜査本部には本部と分室の関係性は説明していない。君はあくまで科警研の一員という扱いだ」

「……そうですか」

思わず、吐息がこぼれた。それで、最前から体を縛ってきた緊張が少し緩んだ感覚があった。自分はあれこれと余計なことを考えすぎていたようだ。

「そういえば、聞くところによると、君は科警研への出向を熱望しているそうだね」

さりげなく、穏やかに出雲がそう言った。

「……どちらでそれを？」

「情報源は明かせないな……と言いたいところだが、気になるだろうから話そう。つい先日、土屋と電話で話した際にその話題が出てね。君が科警研に移れるように取り計らってもらえないか、と頼まれたよ」

「室長が、そんなことを……」

意外すぎて一瞬、頭の中が真っ白になった。土屋は、「自分には望みを叶える力はない」と言っていたが、裏では気に掛けてくれていたらしい。

「熱意のある職員は歓迎するが、君はどうしてそれを望んでいる？　科警研が科捜研の上位機関ではないことは、君も分かっているはずだ。研究と実践。求められている役割が異なっているだけだ。それでもなお、科警研入りを希望しているのは、それだけ研究がやりたいということなのかね」

出雲の口調は柔らかかったが、その目には真意を知りたいという意思が込められているように感じられた。

変にごまかすべきではない。伊達はまっすぐに出雲を見つめ返した。

「私は大学院では情報科学関連の学部に籍を置いていました。シミュレーションを駆使して、社会への貢献を追究するというのが研究室の方針で、『都市部における洪水の浸水エリアの予測』が私のテーマでした。私は自分なりにその研究に熱意を注ぎましたが……最終的には博士課程には進まず、科捜研への就職を選びました」

「その理由は？」

「科捜研を志望したのは、『コンピューターを活用した犯罪予測が着目されている』という記事をインターネットで見たからです。まだ発展途上の技術なら、自分も貢献できるだろうと思いました」

「いや、私が聞きたいのはそこではない。君が博士課程に進学しなかった理由だ。その選択は、科警研に入りたいという今の君の目標と矛盾している」

「……それは」

伊達は奥歯を嚙み締め、拳を強く握り込んだ。

「……私は、研究の現場から逃げたんです」

「逃げたというのは？」

「シミュレーションはデジタルの世界です。予測が優れているかどうかは数字で明確に表されます。もし自分一人で課題と向き合うなら、それでも問題ありません。しかし、実際には自分と同じ研究をしている人間が世界中にいます。彼らはとてつもなく優秀で、私が正しく解けなかった課題をあっさり解決し、次々と論文発表していました。それは私にとっては恐怖でした。自分の至らなさを思い知るたびに、心をえぐられるような苦しみを味わい続けました。それに耐えられなくなったんです」

伊達は自分でも言語化するのを避けていた自らのトラウマを、ありのままに出雲に説明した。大学院を出てから五年も経つのに、当時を思い出すたびに今でも心に鋭い痛みが走る。あの頃に受けた傷はまるで癒えていない。

「科捜研に入ってからは、私は監視カメラの画像解析や、交通事故の再現実験への協力など、自分の得意分野を生かしつつ、誰とも競争することのない日々を送っていました。……それは安定した、平穏な時間でした。ただ、私は同時に手応えのなさも感じていました。心を削られるような、あの研究の日々が懐かしく思えて仕方なかったんです。今回の研修の話を耳にしたのは、そんな時でした。……もう一度、自分の限界に挑むチャンスが来たのだと思いました」

「大学に戻るのではなく、科警研に入ろうと思った理由は何だね？」

「警察で業務に当たるうちに、思ったんです。一つ一つの犯罪に立ち向かうのではなく、それを根本的に抑制する方がずっと効率的ではないかと」

なるほど、と出雲が呟く。その鋭い視線は伊達をしっかりと捉えている。

「大学時代は世界のライバルと戦ってきましたが、これからは違います。私は科警研の一員として、人間の負の面そのものと向き合っていきたいと思っています。それが、科警研での勤務を切望する理由です」

思いの丈を喋り切り、伊達は大きく息を吐き出した。

「君の考えはよく理解できた」出雲が口元をわずかにほころばせる。「立派な理由だと思う。ただ、だからと言ってこの場で科警研入りを確約するつもりはないが」

「ええ、もちろんです。私もそこまで図々しくはないつもりです」

そう言って伊達は微笑んでみせた。

「科警研への出向を望むのであれば、やはり実績が物を言うことになるだろう。そういう意味では、今日の説明は非常に重要になる」

「プレッシャーを掛けて、私を試すおつもりですか?」

うっかり口にしてから、しまったと伊達は思った。科警研の所長相手に軽口を叩いてしまった。

不快にさせたかと不安になったが、出雲の目は笑っていた。

「そういう切り返しができるのであれば、もう大丈夫そうだな。捜査主任官から、いろいろと質問が飛んでくるだろう。しっかり答えてくれ」

「承知しました」

「ちょうどいい時間だな。行こうか」

出雲が再び歩き出す。伊達は「はい」と頷き、迷いなく一歩を踏み出した。

その日の夜。伊達は自宅で一人、ウイスキーを味わっていた。シーバスリーガルの二十一年物だ。

大学時代の研究室の教授は大の酒好きで、特にウイスキーにこだわりを持っていた。彼の影響で伊達もウイスキーをたしなむようになり、教授と二人で飲みに行ったこともあった。このシーバスリーガルは教授の一番のお気に入りで、大学を離れる時に「いいことがあった時に飲むといい」とプレゼントされたものだった。

口に含むと、瑞々しい果実のような香りが鼻腔に届く。少し遅れて、燻されたオークの香ばしさが追い掛けてくる。目を閉じると、周りを花畑や果樹に囲まれたログハウスにいるような気分になる。香りや味は濃密だが、後味は不思議なほどに軽く、儚く消えていく余韻がまた次の一口を誘う。飲み始めると止まらなくなる種類のウイスキーだった。

椅子の背もたれに体を預け、窓の外に目をやる。カーテンの隙間からは紫色の夜空が見えていた。星も月も見当たらないが、よく晴れているようだ。

辻斬り事件に関わるようになって、夜になるとつい外を気にする癖がついた。これまでの傾向からも、伊達の予測からも、犯行は間違いなく雨の夜に行われる。少なくとも、今夜は犠牲者が増える心配はない。穏やかな気分で今日の成功を祝うことができる。

捜査主任官への説明は極めて順調に終わった。彼はシミュレーションの結果に大いに興味を示し、速やかに捜査方針を検討するとその場で請け合ってくれた。大成功と言ってもいい結果だ。

タイミングの良さもあったのだろう。捜査本部は未だに犯人の足取りを追いきれずにいる。世間のバッシングが強まる中、闇雲に捜し回るしかない現状にもどかしさを覚えていたはずだ。そんな時にもたらされた、科学に裏打ちされた予測は、彼らの目には福音と映ったことだろう。

もちろん、犯人が逮捕されなければシミュレーションの価値はない。それでも、伊達は自分の出した結果に自信を持っていた。

犯人は二十代の男性で池袋界隈に住んでいる。独身で一人暮らし、定職には就いておらず、食事はコンビニエンスストアなどの弁当を多用する。次の犯行は今までの四件のエリアから外れ、北区や足立区、川口市で起きる可能性が高い——。それが、シミュレーションから算出された推測だった。

残念ながら、発生時期は分からない。天候に左右されるからだ。ただ、週間天気予報によれば、高気圧が張り出している影響でしばらくは晴天が続くようだ。捜査本部としては、このチャンスに一気に犯人に迫ろうと狙っているに違いない。

そろそろ日付が変わる。普段ならもう一時間ほどは起きているのだが、昼間の疲れとアルコールの影響でさっきから何度もあくびが出ていた。

少し早めに寝るとしよう。そう思い、グラスに残ったウイスキーを飲み干した時、机の上でスマートフォンが鳴り始めた。

立ち上がり、画面を確認する。北上の名前が出ていた。

こんな時間に電話……？

伊達は違和感を覚えつつ、スマートフォンを手に取った。

「おう、どうした」

「すみません。急に電話をしてしまって。今日の午前中に、シミュレーションの結果を話してくれましたよね」

「ああ。プレゼンの予行演習を兼ねてな」

「次の犯行も雨の日って予測でしたよね」

「そうだ。他の予測は七〇～八〇％の期待度だが、その点に関しては間違いない」

「じゃあ……やっぱりデマなのかな」と北上が呟く。

「……デマってなんのことだ？」

「個人的に情報を集めようと思って、Ｔｗｉｔｔｅｒで辻斬り事件について調べていたんです。キーワードやハッシュタグで検索していたら、つい十五分ほど前に、気になる投稿があったんです。なんでも、中野区でまた辻斬りが出たらしくって……」

「……マジか？　ちょっと待ってくれ」

電話を続けながら、スリープ状態にしてあったノートパソコンを立ち上げる。ウェブブラウザでＴｗｉｔｔｅｒを立ち上げ、片手でキーワードを打ち込む。ヒットしたものを投稿日時順に並べ替えたところで、「……嘘だろ」と声が漏れた。

画面に現れた画像は、真っ暗な住宅街を照らす、パトカーの赤い光を捉えたものだった。青いビニールシートで現場の様子は隠されていたが、その周りにいる警官の数を見れば、重大事件が発生したことは明らかだった。

投稿者は現場の近所の住人らしい。〈また辻斬りが発生したっぽい。怖い〉と短いコメントが添えられていた。

「……どうですか？」

「……それらしい画像は見つかった。いったん切るぞ」

スマートフォンを置き、インターネットでここ二時間以内の都内の降雨量を調べる。しかし、一時間当たり一ミリ以上の雨を観測した地点は一つもない。雨は降らなかったのだ。

「……どういうことだよ」

伊達は爪を噛みながら室内を一周し、埼玉県警で刑事をしている知り合いにLINEで〈また辻斬りが起きたって噂、マジか？〉とメッセージを送った。

テレビで速報が出ていないか確認するが、ニュース番組をやっている局でも何も言っていない。

「使えねえな、もう」

テレビをつけたまま、伊達は再びノートパソコンの前に座った。

Twitterでの情報収集を再開しようとマウスに触れた時、メッセージの受信音が鳴った。

マウスを放り出し、LINEを確認する。さっきメッセージを送った刑事から、返事が届いていた。

〈警視庁からこっちに広域緊急配備の連絡が来た。埼玉の方に犯人が逃げる恐れがあるってことで、もうすぐ出なきゃいけない〉

その返信のあとに、彼は短くこう書き添えていた。

〈五件目の辻斬りだってさ〉

5

九月十一日。LINEでの招集メッセージを受け、愛美が午前八時に本郷分室に到着した時、そこにはすでに伊達の姿があった。

彼はノートパソコンの画面を凝視している。愛美が部屋に入ってきたことにも気づいていないようだ。

「あの、おはようございます」

控えめに声を掛けると、「ん？　あ、おう。おはよう」と伊達がこちらを振り向いた。その刹那、愛美は自分が五年ほど未来へとタイムスリップしたような錯覚に包まれた。伊達の顔が普段よりずっと老けて見えたからだ。肌つやが悪く、唇の周りや顎にうっすらと無精ひげが生えている。身なりにこだわる彼には珍しいことだ。

そんな風になってしまった理由はよく分かる。変に気を遣うと伊達もやりづらいだろう。愛美は「憔悴（しょうすい）していますね」と思ったことをそのまま口にした。

「……まあな。昨日の夜は寝れなかったよ。家にいても仕方ないから、始発でここに来て、事件の情報を集めてた」

「五件目の辻斬りですね」

伊達のノートパソコンの画面には、事件の詳細を伝えるニュース記事が表示されている。事件が起きたのは昨夜の午後十一時頃。場所は、都営大江戸線の新江古田（しんえごた）駅から南に二百メートルほどの住宅街の路上で、三件目の事件の現場から百メートルも離れていない地点だ。犯人はまるで警察を嘲笑（あざわら）うかのように、同じ地域で犯行を繰り返すという大胆な行動に出たことになる。

被害者は都内の大学に通う、一年生の女子学生だった。近所のコンビニエンスストアにアイスを買いに行った帰りに辻斬りと遭遇してしまったらしい。

これまでの四件との最大の違いは、雨が降っていなかったという点に集約される。

愛美が画面の記事を読んでいると、「どういうことなのか、さっぱりだよ」と伊達が首を振った。「俺の予測と全然違う」

「……犯人は、全能感に支配されているのかもしれません」

愛美はこの事件の詳細を知って感じたことを口にした。

「全能感……か」

「一件は未遂に終わったとはいえ、犯行を重ねているのに警察の捜査が自分に及ぶ気配はない。自分は特別なのだ。神秘的な存在に守られているに違いない。晴れの夜でも大丈夫に決まっている……そんな風に勘違いし、今までと異なる思考で行動したんじゃないでしょうか」

「だから、予測が外れても仕方ないと。……ひょっとして慰めてくれてるのか？」

「別に心にもないことを言っているわけじゃないですよ」と愛美は眉根を寄せた。「伊達さんの予測に関しては、私や北上くんも妥当だと認めてました。それが覆されたんだから、理由を見つけようとするのは自然な行動でしょ」

「……そうだな、悪い」

伊達が頭を下げたところで、「おはようございます」と北上が分室に姿を見せた。

「遅いぞ、北上。午前八時集合って言っただろ」

「すみません。中野区の現場に行ってたので」と北上がハンドタオルで首筋の汗を拭う。「朝から暑いですね、もう九月なのに」

「ちょっと待って。現場って、何の現場？」

愛美が尋ねると、北上は当然とばかりに「昨日の夜に起きた五件目の現場だよ」と答える。「名刺を見せて、出雲所長の命令だって伝えたら、近くまで行かせてもらえたよ」

そう語る北上の表情は落ち着いていた。双子の一件で精神的に成長したのか、最近の北上の行動には大胆さが生まれたように感じる。彼の中で何かが吹っ切れたらしい、と愛美は思った。

「で、押し掛けた成果はあったのか」

「ええ」と頷き、北上はカバンから取り出したデジタルカメラをノートパソコンに接続した。「現場の写真を撮ってきました」

愛美は唾を飲み込み、画面に目を向けた。最初に表示されたのは、アスファルトに広がる血だまりの写真だった。遺体こそ写っていないが、被害者の負った傷の深さは容易に想像できる出血量だった。

「……こいつはひどいな」と伊達が顎の無精ひげを撫でる。

「血の飛び散り具合から、一つ興味深いことが分かりました。犯人はどうやら、返り血を浴びなかったみたいなんです」と北上は言った。「背中から斬り付けて、さっと後方に避(よ)ける。そんな感じですね。犯行に慣れてきて、返り血を避けられるという自信を抱いたんでしょう。これならレインウェアは不要です」

「ますます人斬りの技術が上達してるってことか。……ん？　これはなんだ？」

伊達の指先は写真の隅の方を指していた。血だまりから少し離れた位置に、小さな赤い楕円(だえん)が二つ、ちょんちょんと並んでいる。

「遺体を運ぶ時に落ちたって感じじゃないね」愛美は画面に顔を近づけた。「ひょっとして、犯人の足跡？」

「捜査本部でもそう考えてるみたいだ。現場は駆けつけた警官によって保全されてたから、第三者が残したものとは考えにくいよね。ただ、残っていた痕跡は、靴全部ではなく、つま先のごく一部だけなんだ」

「そいつは惜しいな。靴の裏側の模様が残っていれば、かなりの情報が得られるんだけどな」と伊達が腕を組む。

「でも、これは今までになかった新たな証拠ですよ」と愛美は言った。

ひょっとしたら――。

以前から考えていたアイディアが、愛美の頭の中で一気に具体的な形を描き始める。うまくいくかどうかは完全に未知数だ。しかし、成功のイメージを描くことはできる。ならば、やってみるべきだ。

愛美は速やかに決意を固め、勢いをつけて立ち上がった。

「ん、どうした安岡」

「これから京都大学に行きます」

「は?」と北上と伊達の声が重なる。

「七月に参加した学会で、京大の研究者と知り合いになったんですけど、その方は分子工学の専門家で、特にタンパク質の研究に注力してるんです。研究成果が犯罪捜査に活用できる可能性を伝えたら向こうも乗り気になってくれまして。つい最近、あるツール物質が完成したという連絡をもらったんです。それを取りに行きます」

「待て待て。話が飛びすぎててまったくついていけない」と伊達が首を振る。

「僕もです」と北上が眉毛を八の字にする。「もう少し詳しい説明を……」

「現場の証拠が汚損する前に新規手法を試したいので、私はもう出発します。説明はＬＩＮＥの方にでも書いておきますので。あ、そうだ。伊達さんは警察犬の手配をお願いしますね」

「ええ？　警察犬って、あ、おい！」

ぐずぐずしている時間はない。愛美は北上と伊達をその場に置き去りにして部屋を飛び出した。

6

九月十二日、午前六時半。伊達はコインパーキングにレンタルのミニバンを停め、車を降りた。

まだ残暑が続いているとはいえ、さすがにこの時間は空気がひんやりしている。人々が本格的に活動を始める前の住宅街は、意外なほどの静けさに満たされていた。

いや、静かというより、恐怖が住民たちから声や音を奪い去ったのかもしれない、と伊達は思った。何しろ、今いる場所から半径数百メートル内で、二度も辻斬り事件が起きたのだ。自分が次の標的になる可能性をリアルに感じていたら、誰でも無言にならざるを得ないだろう。

そうやって辺りを見回していると、ミニバンの後部から「ウォフッ」と控えめな鳴き声が聞こえた。

「はいはい、いま出してやるよ」

伊達はリードを持って車の後ろに回り込み、リアハッチを持ち上げた。ケージの中から、二つのつぶらな瞳が期待に満ちた視線をこちらに送っている。

ケージを開け、首輪にリードをつけると、彼は勝手知ったる様子でひょいと地面へと降り立った。

「年寄りのくせに元気だな」

伊達はその場にしゃがみ、彼のクリーム色の背中を撫でた。昔、実家で柴犬を飼ったことはあったが、ラブラドール・レトリーバーに触れるのは初めてだ。短毛種なのでつるつるしているのかと思ったが、しっかりした毛がみっしりと生えていた。

「今日はよろしくな。まあ、午前中には終わると思う」

声を掛けると、彼は「よろしく」というように頭を下げ、伊達のズボンに体をすり寄せた。

しばらくスキンシップを楽しんでいると、コインパーキングに愛美が姿を見せた。下はジーンズだが、上は青い作業服を羽織っている。警察関係者であることを住民にアピールするためだろう。

「おはようございます。その子がパートナーですか」

「ああ。名前はピースっていうんだ」

「よろしくね、ピース」

愛美が頭を撫でると、ピースは嬉しそうに目を細めた。

「悪いな。警視庁と埼玉県警に当たったんだが、現役の警察犬はすぐには準備できなかった」と伊達は謝罪した。ピースは埼玉県警で警察犬をしていたが、去年の春に引退し、今は譲渡先の一般家庭で余生を過ごしている。

「急な申し出ですし、仕方ないです。それに、警察犬係の人に同行してもらわずに済むというメリットもありますから、一概に悪いとは言えませんよ」

「でも、臭気選別能力はどうかな」

「とても賢そうじゃないですか。ねー、ピース」

愛美が笑いかけると、ピースは「そうだ！」とでも言うかのように、「ワフッ」と小さく吠えた。

「じゃ、さっそく始めようぜ。人通りが多くなる前に済ませたい」と言って伊達は腰を上げた。「秘密兵器とやらはどこにあるんだ？」

「これです」と愛美が背中のリュックサックから霧吹きを取り出す。思っていたより小さい。容量は五〇〇ミリリットルほどしかないだろう。

「そんなサイズで大丈夫なのか？」

「これだけしか調達できなかったんですよ。急だったし、試薬の量も限られていますからね。節約しながら作業を進めていきましょう」

愛美が昨日、京都から持ち帰った物質は、血液中の成分に鋭敏に反応する酵素だった。その酵素は血液と反応すると構造が変化し、溶液中の硫黄化合物を分解する機能を持つようになる。この硫黄化合物は元の状態では無臭だが、分解されると揮発性が高まり、魚の内臓のような臭いを放つ。つまり、血液に反応して悪臭を出す液体が、愛美の準備した切り札ということだ。

辻斬りの犯人は靴に血液が付着していることに気づかずに逃亡した。付着量がわずかだったためすぐに目では見えなくなったが、血液成分はまだアスファルトに残っているはずだ。その痕跡を、特殊な液体と警察犬を組み合わせて見つけ出す――それが愛美の立てた作戦だった。犯人がどこまで徒歩で移動したかは分からないが、逃走ルートの目星が付けば、捜査には大きなプラスになるはずだ。

霧吹き担当は愛美で、伊達はピースのリードを持って付いていくという分担になっている。現場付近はブルーシートに囲まれて近づくことはできないが、犯人が逃げたと思われる方向は路上の痕跡から分かる。現場から五十メートルほど離れた丁字路から追跡をスタートさせることにした。

右と左、犯人は曲がり角でどちらを選択したのか。まずはそこからだ。

愛美はポケットから取り出した小瓶の蓋を開け、ピースの鼻先に近づけた。血液と反応したあとの硫黄物質が入っているのだろう。

「これから探すのは、この臭いだよ。しっかり覚えてね」

ピースは小瓶の口を嗅ぎ、「フン」と鼻息を噴き出した。「覚えた！」ということだろうか。

「じゃあ、始めましょう」

愛美が道路を横切るように路面に液体を吹き掛けていく。車一台分の幅しかない道なので作業はすぐに終わった。

右と左、両方の道でそれを行ってから、三分ほど待つ。反応が進んだところで、「ほれ、行け」と伊達はピースの尻を押してやった。

ピースは地面に鼻先を近づけたかと思うと、跳ねるように左の道へと駆け寄り、「ワフッ！」と短く吠えた。その表情は自信に溢れているように伊達には見えた。

「あっちらしいな」

「ですね。ピースを信じて進んでいきましょう」

「頑張ってくれよ」とピースに一声掛け、合っているのかどうか調べるすべはない。

細い路地を進んでいく。

ピースの背中を見つめながら、「そういえば、北上は何をしてるんだ？」と尋ねた。

「調べ物があるって言ってたけど」

「詳細は私も聞いてないです。ただ、彼は彼なりに、化学的なアプローチで犯人に迫ろうとしているんだと思います」

「そっか。じゃ、これが終わったらあいつのサポートだな」

そんな話をしていると、分かれ道が見えてきた。直進か右折か。また二択だ。

「今度はどうかな。ピース、頑張ってね」

優しくピースに声を掛け、愛美がまた例の溶液を噴霧する。すでに現場から二百メートルは遠ざかっている。どうかな、と伊達が見守っていると、ピースは少し顔を動かしただけで即座に右手の道を選択した。

「ずいぶん判断が早いな。適当にやってるんじゃないか」

「そんなことないですよ。この子は賢いし、まだ警察犬としての能力を保ってます」

「なんでそんなことが分かるんだよ」

伊達の質問に、「勘です」と愛美は堂々と答えた。科学を武器にしている人間の言うことか、と思ったが、彼女があまりに自信たっぷりなので伊達は「そうか」と呟くに留めた。

そうして、伊達はピースに引っ張られるように、愛美と共に住宅街を進んでいった。

あまりにピースが迷いを見せないものだから、普通に犬を散歩させているような気分になってくる。右、左と何度か曲がり、どこまで行くつもりだよ、と不安になり始めた頃、急にピースがある建物の前で足を止めた。四階建ての、白い外壁が印象的なマンションだ。

「どうした？」軽く尻の辺りを叩いたが、ピースは建物を見つめたまま動こうとしない。「……ここに犯人が住んでるってことか？」

「靴の匂いを嗅ぎつけたのかも」と言って、愛美がスマートフォンを取り出す。

「何を調べてるんだ？」

「伊達さんの予測との一致を確認しようと思って。犯人は独身で単身者なんですよね」

「もういいよ、それは」と伊達は苦笑した。「どうせ外れてる」

「参考にはなります。えっと、ここは、〈ヴィレーラ江古田〉というマンションですね。間取りを見る限りは単身者用で……ん？」

スマートフォンを見ながら喋っていた愛美が、そこで首を傾げた。

「どうした？」

「このマンション……女性専用らしいですね。男性は入居不可です」

「ほら見ろ、大外れだ」と伊達は肩をすくめた。「目撃情報から、犯人は男だと断定されてるからな。つまり、ピースの鼻も外れってことになるな」

「そう決めつけるのは早計じゃないですか。犯人がここを根城にしている可能性はありますよ。恋人や母親に契約させたのかも」

愛美が伊達の手からリードを奪い、ピースと共にマンションの中に入っていく。「おい、待てよ」と伊達もそれに続いた。

「ピース、どこが気になるん？」

愛美が関西弁で話し掛けると、ピースは率先してエレベーターに乗り込んだ。すべてのフロアのボタンを押し、一階ずつ降りて確認する。ピースが反応したのは最上階である四階だった。外廊下を自発的に進んでいき、ピースは四〇二号室の前で座り込んだ。表札には、〈黒松〉という名前が出ている。

「鳴らしてみます」

相談するより早く、愛美がインターホンの呼び出しボタンを押した。時刻を確認する。午前七時十分。早いのは早いが、非常識となじられるほどではなさそうだ。

しばらく待つと、ドアの隙間から小柄な女性が顔を覗かせた。まだ身支度をしていないのか、ノーメイクだ。

彼女の幼い顔立ちに、伊達は既視感を覚えた。どこかでこの女性を見たことがある。そんな気がして仕方がなかった。

だが、愛美は特に何も感じなかったらしく、どうしてここを訪ねてきたかを丁寧に説明していた。女性はそれを神妙に聞いている。

「――ということなんですが、いかがでしょうか。何か心当たりはありますか」

「……あの、関係あるかどうか分かりませんが、以前、この部屋のドアレバーに、ネズミの死骸が入ったレジ袋がぶら下がっていたことがあったんです」

ぐっと愛美の表情が鋭さを増す。

「それはいつ頃のことでしょうか」

「今年の五月です……。その時は誰かに相談したりしなかったんですけど、今のお話を伺って、すごく怖くなりました」

人を斬ったばかりの犯人が、この部屋の前に佇(たたず)んでいる――その光景を想像しただけで背筋が寒くなった。怯(おび)えるのも当然だ、と伊達は思った。

「不審な人物を見た記憶はありますか？」

「……街で、視線を感じることはありました。歩いていて振り返ると、若い男の人がすぐ後ろにいたこともあります。今にして思えば……というくらいで、直接何かされたわけではないですけど……」

彼女はそう言い、すっと目を伏せた。

伊達はピースの様子を窺った。彼は家の中を睨むようにじっと見ている。

もしかすると今の証言は真っ赤な嘘で、今この瞬間にも、家の中に犯人を匿(かくま)っているのではないか……？

脳裏を掠(かす)めたその考えに、心拍数が高まる。

不審な男についての話をひと通り聞き終え、愛美がドアを閉める。

伊達は四〇二号室の前を離れてエレベーターのところまで戻ると、辻斬り事件の捜査本部に連絡し、これまでの経緯と現状を捜査員に伝えた。

電話を終えたところで、愛美がピースを連れてやってきた。

「どうしたんですか、急に」

「いや、あの部屋の中に犯人がいるかもしれないと思ってさ。監視した方がいいって捜査本部に伝えておいた」

「ああ、なるほど。そこまで考えますか……」

「当然だろ。ところで安岡。あの女性の顔、どこかで見た覚えがないか？」

気になっていたことを尋ねたが、愛美はあっさり「いえ」と首を振った。「伊達さんの昔の恋人とかじゃないですよね？」

「違うな。直接会った相手じゃない。でも、遠くから見掛けたって感じでもないな。……ひょっとすると、テレビか？」

伊達はスマートフォンでインターネットに接続し、〈黒松〉〈女性〉〈有名人〉で検索した。

トップに表示された画像を見て、「これだ！」と伊達は指を鳴らした。

黒松響子(くろまつきょうこ)。その名が最も盛んに報じられたのは今から六年前……二〇一二年のロンドンオリンピックの前後だった。

彼女は女子柔道のオリンピック代表で、〈畳に舞い降りた天使〉というニックネームで呼ばれていた。小柄で愛らしい風貌がインターネットで話題になり、一般のニュース番組にも波及して、という流れだったと記憶している。

ルックスだけではなく実力もそこそこのものだったようだが、彼女は結局メダルには手が届かなかった。二回戦で腰を強打し、その試合は勝ったものの、次は不戦敗となり、そこで彼女のオリンピックは終わってしまった。しかも、無理に試合を続行したせいで腰の怪我が悪化し、彼女はその年の十二月に引退を発表した。それ以降、彼女の名を耳にした記憶はない。

「まさか、こんなところで顔を合わせるとはな」と伊達は素直に驚きを口にした。

「有名人だったとしたら、辻斬り犯が以前からストーキングしていた可能性はありますね。あるいは、彼女を怖がらせるために自宅近くで犯行に及んだということも考えられます」

「確かにな。いずれにしても、決めつけはせずに、あらゆる面から調べるべきだ。捜査本部にはしっかり情報を伝えておこうぜ」

伊達はそう言って、「お疲れさん」とピースの頭を撫でた。彼は四〇二号室の方を気にしながら、「ワフッ」と控えめな声で返事をした。

7

九月十二日、午前八時四十五分。その電話は、出雲俊明が家を出る直前にかかってきた。

靴を履こうとしていた出雲のところに、妻が子機を持って駆け寄ってくる。

「職場の方からです」

妻はそれだけを伝え、ぱたぱたとスリッパの音をさせながらリビングに戻っていった。仕事の話をしている時は近づかない。出雲から頼んだわけではないが、長年の夫婦生活の中で自然に生まれたルールだった。

出雲は上がり框に腰を下ろし、電話機を耳に当てた。

「……朝からすみません。上野です」

聞こえてきたのは、掠れた男の声だった。上野は科警研の化学第一研究室の室長を務めている、ベテラン研究員だ。

闇の底に沈んでいくような沈鬱な響きに、出雲は彼の言わんとすることを察した。欠勤の連絡だろう。

先日発生した五件目の通り魔殺人。その犠牲者となった女子大生は、上野の実の娘だった。十年ほど前に離婚し、共に暮らしていなかったとはいえ、血の繋がった子供の突然の死は、彼の精神に深い傷を付けたに違いない。仕事への復帰に時間が掛かるのは当然のことだ。

「まだ体調が戻らないなら、無理をする必要はない」

そう伝えると、「……すみません」と上野はさらに声のトーンを落とした。「……急で申し訳ありませんが、科警研を辞めさせていただくつもりです」

予想外の申し出だった。「早まるんじゃない」と出雲は強い調子で言った。

「辛いのはよく分かっている。すぐに仕事に出てこられないことを恥じる必要はない。今はとにかくしっかり休むんだ。ひと月や二月くらいなら、代理の者を立てて対応すれば済む」

出雲は息を詰めて相手の反応を待った。

上野は重い鉛の塊のようなため息をつき、「……これは、天罰なのでしょう、きっと」と言った。

「……何の話だ？」

「もし土屋が今も科警研に残っていれば、今回の連続殺人は早い段階で止まっていたかもしれません。私はその機会を奪ってしまった……だから、こんなことになってしまったんです」

上野が漏らした言葉に、出雲はハッとさせられた。

奪った——？

「おい、上野。君はまさか……」

「ええ、所長の考えている通りです」と上野はどこか吹っ切れたように言った。「土屋が科警研を離れる原因を作ったのは、私なんです」

8

九月十二日、午後七時。土屋は馴染みのラーメン屋で夕食を済ませ、本郷分室へと足を向けた。

本郷の街には、酷暑の記憶を消し去ろうとするかのような、涼しい風が吹いている。季節は着実に夏から秋へと進んでいる。だが、この夏、都民を恐怖に叩き込んだ辻斬り犯は未だに逮捕されていない。そのせいだろうか、すれ違う人々はみな、現実から目を背けるようにうつむいてばかりいる。

そんな沈鬱な空気の中を歩いていると、夕方に聞いた出雲の声が耳の奥に蘇ってきた。

出雲が珍しく大学に訪ねてきたのを見た瞬間、何か特別なことが起きたのだと土屋は悟った。

そして、その予感は当たっていた。

「今朝、科警研のある職員から、自白があった」

その言葉に続き、出雲は眉間に深いしわを浮かべながら言った。

「君が科警研を離れる原因となった鑑定ミスは、人為的に引き起こされたものだった。DNA鑑定に使う試薬のすり替えが行われていたんだ。目的は、君の評価を下げ、出世を阻むことだった」

思いがけない事実を突き付けられ、土屋は黙り込んだ。どう反応すればいいのか、まるで分からなかった。

土屋は喉を潤すように何度か唾を飲み込み、「……その人は、なぜ、今になってそんな自白を……？」と絞り出すように尋ねた。

「詳細は言えないが、『良心の呵責（かしゃく）』という風に理解してもらって構わない。詳しいことはこれから調査を行うが、君への処分は誤りとして取り消されることになるだろう。これで、復帰への障害は完全に取り除かれることになる。戻ってこい、土屋。科警研で再び、その才能を発揮してくれ」

出雲は気迫を感じさせる真剣な表情でそう訴え掛け、「また連絡する」の一言を残して去っていったのだった。

土屋は当惑していた。今さらそんなことが分かっても、という感じだった。すでに、自分を取り巻く環境は大きく変化し、固定されてしまっている。今の立場をすべて捨てて、再び科警研に戻る——。その選択肢の善し悪しを考えようという気さえ起こらない。それが、正直な気持ちだった。

とはいえ、「失敗をしたけじめとして、科警研には戻らない」という大義名分が失われれば、出雲は今まで以上に積極的に土屋をカムバックさせようとするだろう。そのことを思うと、少なからず憂鬱な気分になってしまうのだった。

そんなことを考えながら歩いていると、いつの間にか本郷分室のあるビルにたどり着いていた。外からでは、部屋の明かりは確認できない。土屋は建物に入り、エレベーターで上階へと向かった。

四階に到着し、ドアが開く。目の前に立っていたのは北上だった。

「あ、どうも、こんばんは」とぎこちなく北上が頭を下げる。「今日はどうしてこちらへ？」

ちょっとした気分転換、あるいは現実逃避といったところだろうか。そう思ったが、

「……まあ、近くに寄ったついでだな」と土屋は適当に答えた。「今、帰りか?」

「いえ、石神井警察署に行っている伊達と安岡が戻ってくる前に、腹ごしらえをしておこうと思いまして」

「捜査本部に行ってるのか。何の用事で?」

「犯人が潜伏している可能性のあるマンションを発見したそうで、その件で担当者と話をしているようです」

「ほう、順調に捜査に協力してるみたいだな。大したもんだ。で、君はなんで一人で分室にいるんだ?」

「化学的な観点から犯人を突き止めようと、自分なりにいろいろ調べていました。ただ、どうもいい方法が思いつかなくて。汗を使えないかと思ったんですが……」

「被害者の衣服に汗がついていたのか」

「あくまで推測ですね。第五の事件では雨が降っていなかったので、犯人が刀を振り回した際に汗が飛び散り、服に付着した可能性はあるかと。ただ、汗を調べてもそこから先が広がっていかないんです。DNAが含まれているとは限りませんし、仮に含まれていたとしても、ただ遺伝子配列情報が得られるだけです。容疑者との照合には使えますが、犯人の足取りが摑めない状況では、有用な手掛かりにはなりづらいかと」

「やるだけやってみればいいと思うけどな、俺は」と土屋は思ったままを口にした。

「他に案がないなら手当たり次第にデータを集めるのも悪くないだろう」

「……そう、ですね。前にも室長はそうおっしゃっていましたね。……ダメですね、一直線に犯人に迫ることばかり考えてしまって。研修がもうすぐ終わるのに、全然成長できていません」

「すまんな、ろくに指導もできなくて。俺は、君らに変な癖を付けたくなかったんだ。俺のやり方はかなり特殊というか、自分用にカスタマイズされすぎているんだ。中途半端に関わると、その後のキャリアに悪影響が出かねない。一本足打法を真似た結果、ホームランどころかヒットすら打てなくなる、みたいなものだな」

「いえ、確かに機会はわずかでしたが、室長の洞察力の鋭さや、事件の真相を見通す力は感じ取ることができました。それは自分にとって、大きな財産になったと思います」

「それは何よりだ」

北上はそこで床に視線を落とし、しばらく黙り込んでから、勢いをつけるようにして顔を上げた。

「室長。本件に関して助言をいただけませんか。研修がどうとかではなく、純粋にこの事件を解決に導く手助けがしたいと自分は願っています。情けない話ですが、そのために自分ができることの中で一番寄与度が高くなるのは、室長の協力を取り付けることだと思いますので」

「だけど、資料にもろくに目を通してない状況じゃな……」

「説明なら今やります」

熱のこもった北上の口調に、土屋は頭を掻いた。

「前にも言ったが、中途半端に現在進行形の重大事件に関わることはしたくないんだ。ドミノ倒しのように、俺の気まぐれな一言が捜査の方向を見誤らせるリスクがある」

「それに関しては、自分たちがフィルターになります。室長の意見が有用なものかどうかを判断し、捜査本部に伝えるかどうかを決めます。一人一人は力不足でも、三人集まれば、そういった役割は果たせると思うんです」

そう訴えて、北上は土屋の顔をじっと見つめた。そのまっすぐな視線に、土屋は北上の変化を感じ取った。前に抱いた印象よりも、振る舞いに自信が伴っているように見える。この研修の中で、何かを摑んだのだろう。

「……分かった。とりあえず、話を聞こうか」と土屋は言った。

前向きな研修生と触れ合うことで、今のこのもやもやした気持ちを吹き飛ばせるかもしれない。そんな期待を抱きながら、土屋は北上と共に歩き出した。

分室に入り、手近な椅子に座って説明を聞く。北上は最初からじっくりと一連の連続殺人事件を振り返っていった。

二十分近くが経ち、最新の第五の事件の話が始まる。

晴れの夜に起きたこの事件に対し、研修生たちは犯人の靴に付着した血痕を追うことで、黒松響子という女性にたどり着いたという。犯人が彼女を狙っている可能性がある、という推測を述べたところで、北上の説明は一段落した。

「……いかがでしょうか。何か気になる点はありますか」

「三件目。浪人生が斬り殺されたやつだな」と土屋は即答した。説明を聞いた中で、最も違和感が強かったのはその一件だった。「犯行後、犯人は浪人生が着ていたであろうレインジャケットを持ち去っている。一方、他のどの事件でも現場から消えたものはない。この違いがどうも気にかかる」

「そうですね。そこは未だに不可解な点です」

土屋は立ち上がり、ゆっくりと室内を歩き始めた。

考え事をする時に足を動かしたくなるのは、子供の頃からの癖だった。科学的な根拠があるわけではないが、こうしていると、思考がまとまりやすい気がする。

「犯人は二件目の事件で奇襲に失敗している。目撃情報が広まり、警察の警戒も強まっていた。現場に留まることには抵抗があったはずだ。それなのに、その時は格闘を演じてまで浪人生の命を奪った挙句、遺体からレインジャケットを剝ぎ取るという奇妙な行動を取っている。自分は返り血を防ぐ準備をしていたのにだ。それはなぜか」

「どうしてもレインジャケットが必要だった、ということですよね」

「そう。犯人には切羽詰まった事情があったはずなんだ。リスクを冒してまでも、それを持ち去らなければならない事情が……」

何気なく呟いた瞬間、脳のどこかでぱちんと音が聞こえた気がした。

どうして、レインジャケットを奪わなければならなかったのか。

難しく考える必要はないのではないか、と土屋は思った。

答えはシンプルだ。

――それを着る必要があったからだ。

土屋は北上の机に歩み寄り、そこにあった資料を手に取った。ぱらぱらとめくっていくが、目当ての情報がなかなか見つからない。

「さっきの、犬を使って見つけたマンションに住んでいる女がいただろう」

土屋はページをめくる手を止めずに尋ねた。

「黒松響子さんのことですか」

「そのマンションは、第三の事件現場と近いのか?」

「ええ、直線距離で百五十メートルほどです」

北上がそう答えた時、分室のドアが開き、伊達と愛美が揃って顔を見せた。

「あれ、室長?」と愛美が怪訝な顔をする。「どうしてこちらに……」

「単なる気まぐれだよ」

資料を机の上に放り投げ、土屋は三人を見回した。

「捜査本部に意見をするには、それなりのデータが必要だろう。君らがやったシミュレーション、あれをもう一度試すべきだ。責任者は誰だ？」

「自分ですが」と伊達が手を挙げる。「しかし、条件を変えてやらないと同じ結果になってしまいますが」

「それはそうだろうな。だから、データの処理に手を加える必要がある。ここで説明するより、手を動かしながらやった方がいいな。東啓大に行くか。そこのスパコンで計算をやったんだよな、確か」

話しているうちに、自分の中で昂りが肥大し始める。土屋はその感覚に懐かしさを覚えた。かつて犯罪捜査にどっぷりと浸かっていた頃、この高揚感を味わいたくて、土屋は時にルールを逸脱してでも真相の鑑定にのめりこんでいた。

久しぶりにそれを感じてみて分かったことがあった。大学での研究活動で得られる知的な興奮と、いま土屋の脳を痺れさせつつあるこの興奮とは、似ているようで明らかに違う。一方が極上の大トロの握りだとすれば、一方はトリュフの載ったステーキにでも喩えられるだろうか。どちらも最上の味であるが、ジャンルは異なっている。

——こんな風に両方を味わえるのなら、こちらの世界にまた足を踏み入れるのも悪くないかもしれない。

そんなことを頭の片隅で考えながら、土屋は三人の研修生より先に部屋を出た。

9

ドアスコープから見える小さな世界に、人影は見当たらない。

それを確認して、黒松響子は玄関のドアをそっと押し開けた。

隙間からマンションの外廊下を窺うが、午前三時の夜気が漂っているばかりで人の気配は一切感じられない。

音を立てないように、慎重に廊下に出た。低い体勢のまま廊下のコンクリート壁に近づき、手摺りから頭を出して建物の周囲を見回す。不審な車もなければ、電信柱の陰からこちらを観察している人間の姿もなかった。

科学警察研究所の職員が警察犬を連れてやってきて以降、夜になると自宅の周りに見慣れない男たちが現れるようになった。おそらく彼らは刑事だ。「この女をマークしていれば、いずれ辻斬りの犯人が現れるのでは」と考えているのだろう。

小さく息をつき、エレベーターで一階に降りる。マンションの外に出る前に、響子は改めて道路の左右を確認した。監視の目はない。この時間まで張り込むほどは重要視されていないということらしい。

こうして警戒を強めていると、自然と昔のことが思い出される。オリンピックに出場する直前、響子の名と顔が盛んにテレビで報じられていた頃、自宅の周りをストーカーまがいの熱心なファンが何人もうろついていた。響子は彼らを常に警戒していた。襲われるのが怖かったのではない。トラブルになり、うっかり彼らを投げ飛ばして怪我を負わせてしまわないか心配だったからだ。

だが、今はもうそんな心配はない。響子はすでに、「昔懐かしのあの人」的な存在でしかないからだ。

Tシャツ一枚だと少し肌寒い。空は薄曇りで、レースのカーテンのような雲が広がっている。雨の降る気配はまるでない。

響子は胸に抱えていた大型のスポーツバッグを肩に掛け、深夜の街へと歩き出した。

夜中の時間帯を、草木も眠ると表現することがある。確かに静かではあるが、まったくの無音というわけではない。耳を澄ませば、幹線道路を飛ばすバイクのエンジン音や、どこかの家で稼働している室外機の音が聞こえてくる。植物は眠っていても、人の営みには完全な休息はない。

とはいえ、この時間だ。さすがに住宅街の中の道を歩いている人間は見当たらない。

どこへ行こうか。少し考えて、響子は西武池袋線の江古田(えこだ)駅まで足を延ばすことにした。ここから一キロ足らずといったところだ。あの駅の近くには、明け方まで営業している居酒屋が何軒かある。この時間でも、裏路地を歩いている人間の一人や二人は見つけられるだろう。

目的地が決まると、途端に心が浮き立ち始める。

はぁっ、と響子は熱を帯びた息を吐き出した。

体がぞわぞわするようなこの感じは、試合直前の心境とよく似ている。勝利の喜びを想像する時の胸の高鳴り。敗北の先に待つ未来を想像する時の息苦しさ。人の運命を左右する、勝敗という残酷な二択を前に去来するそれらの感覚を、かつての響子は骨の髄まで楽しんでいた。それらは普段の生活では決して味わえないものであり、自分が特別なステージに立っていることを保証してくれていたからだ。

怪我のために現役引退を選択した時、二度とこんな気持ちにはなれないだろうと思った。残りの人生はずっと、代わり映えしない、ぬるま湯のような日々を送るだけなのだろうと諦めていた。

だが、その予想は裏切られた。別れを告げたはずの世界に、また足を踏み入れることができたのだ。

勝負の緊張の中に身を置く喜びを、響子は今、毎日のように噛み締めている。こんな日々が再び訪れたことに感謝をしたい気持ちでいっぱいだった。

礼を言うべき相手の名を、響子は新聞で知った。その顔を思い出すと、不思議と笑みが浮かんでしまう。たぶん、古河瑛太（こがえいた）という名前と、彼の顔は一生忘れることがないだろう。

そんなことを考えながら歩いていた響子は、こちらに向かって歩いてくる人影を見つけた。若い男で、足取りがふらついている。バーでしたたか飲んで、夢見心地で家路を歩いている……そんなところだろう。

響子はいったん彼をやり過ごすため、すぐ右手にあった小さな公園に飛び込んだ。

街灯から外れた場所にあるベンチに座り、スポーツバッグを置いて体を小さくする。

息を潜めて待っていると、公園の前の道を若者が通り過ぎるのが見えた。こちらに気づいている様子はない。

響子は軽く頬を叩いた。試合前によくやっていた、気持ちを引き締めるための儀式だ。「よし」と呟き、スポーツバッグに手を入れる。

その時、公園に二人の男が現れた。

響子は息を呑んだ。スーツ姿のその二人組に見覚えはなかったが、醸し出す不穏な気配から、男たちが刑事であることを響子は見抜いた。

「ああ、怪しい者ではありませんよ。見回りをしているだけです」

手前にいた、眼鏡を掛けた、細面の刑事が警察手帳を開いてみせた。

「辻斬りのことはご存じでしょう。危ないですよ、一人で出歩いたりしちゃあ」

小柄で筋肉質のもう一人が、同じように手帳を見せてから言う。口調は穏やかだが、目つきは鋭い。

「……コンビニに行く途中で、少し休んでいたんです。もう、家に帰ります」

立ち上がろうとしたところで、「大きな荷物をお持ちですね」と眼鏡の刑事がスポーツバッグを指差した。「失礼ですが、中を確かめさせてもらっても？」

「服や下着が入っているだけです」

響子はさりげなく、バッグに入れていた右手を握り締めた。

「そんなに念入りに調べませんよ。軽くチェックするだけです」

小柄な刑事がにこやかに言う。しかし、彼は両足に力を込めている。

心臓が激しく動いている。送り出される血液が、体温を上昇させていく。頭の芯がじんと痺れ始める。

やれ、と誰かがどこかで囁いた気がした。

響子はスポーツバッグを左手で上から押さえ、右手を素早く引き抜いた。

白い光が深夜の空気を切り裂く。

「はっ……」

眼鏡の刑事が腹に手を当てながら、その場に尻もちをついた。薄闇の中、彼の白いワイシャツが赤く染まっていく。

「貴様っ！」

もう一人が、上着の下から取り出した拳銃を慌てて構える。響子は手首を返し、斜め下から刀を振り上げた。

霧のような血しぶきが広がり、拳銃が弾け飛ぶ。拳銃が植え込みの中に消え、小柄な刑事は手首を押さえてうずくまった。

彼は苦痛に顔を歪め、「……やめろ、これ以上罪を重ねるな」と響子を睨んだ。

彼らと問答するつもりはなかった。ベンチから立ち上がり、響子はとどめを刺すべく刀を振りかぶった。

ぞくぞくするような快感が、骨盤から脊髄を通って脳を揺らす。あまりの愉悦に、「はぁっ」と吐息が漏れる。

もうすぐ、肉を切り裂く瞬間の、あの手応えを味わえる——。

響子はにやりと口角を上げ、渾身(こんしん)の力を込めて刀を振り下ろした。

ビンタのような、乾いた音が、二度聞こえた。

ブレーカーが落ちて照明が消えるように、目の前が真っ暗になる。

気づくと、響子は地面に倒れていた。

右手に握っていたはずの刀が消えている。何が起きたのか分からないまま体を起こそうとしたが、足に力が入らない。身動きが取れず、右手も動かない。

脇腹がやけに冷たかった。ドライアイスでも押し付けられているようだ。

左手は動いた。震える指先で右の肋骨の辺りを探ると、ぬるりとした感触があった。

顔の前に指を持ってきて、ゆっくりと目を開ける。人差し指と中指が真っ赤に濡れていた。爪の間にまで赤い液体が染み込んでいる。

荒い呼吸が聞こえる。

首をなんとか持ち上げて、音の方に目を向ける。

地面に寝そべるようにしながら、眼鏡の刑事がこちらに銃口を向けていた。

自分は彼に撃たれたのだ、と気づくと同時に、制服姿の警官が幾人も公園へと駆け込んできた。もう一方の刑事が応援を呼んだのだろう。

逃げられないことを悟り、響子は力を抜いた。ごとん、と音がして頭が土の地面にぶつかる。小さな鈍い衝撃があっただけで、不思議と痛みはなかった。

夜空が見える。

きらきらといくつも星が輝いている。東京の夜空はこんなに艶やかだっただろうか、と響子は不思議に思う。

ああ、これは釧路の空だ、と響子は気づいた。

ロンドンオリンピックの前に、響子たち女子選手は釧路で合宿をしていた。あの時、仲間たちと夜に見た星空が頭上に広がっているのだ。

あの頃に、戻りたいな……。

その願いを裏切るように、星たちが滲み、霞(かす)んで消え始めた。

それを合図にしたように、目の前がどんどん暗くなっていく。

――それまでっ！

試合終了を告げる、審判の野太い声が聞こえた。

響子は最期に大きく息を吐き出し、それから目を閉じた。

10

九月二十日。北上は午前九時ちょうどに本郷分室に到着した。

「おはようございます」

「……ああ、おはよう」「……おはよ」

先に来ていた伊達と愛美が、それぞれ力のない挨拶を返してくる。

「どうしたんですか、二人とも」

「別に。事件の報告書を書いてただけだよ」と伊達が吐息を漏らした。「ようやくケリが付いたからな」

東京を騒がせていた辻斬り事件は、先週の土曜日に解決した。

犯人の名は、黒松響子。荷物を抱えて夜中に公園にいた彼女に、かねてからマークしていた刑事が声を掛けたところ、いきなり刀を取り出して襲ってきたのだという。刑事たちは斬り付けられながらも応戦し、最終的に彼女は射殺された。その後、黒松の持っていた日本刀から、一件目から五件目、すべての被害者のＤＮＡが検出された。

彼女の犯行はこれで揺るがないと思われたが、未遂に終わった二件目の目撃情報と黒松の容姿は違いすぎる。そこで三件目の被害者である古河瑛太の部屋を調べたところ、一件目と二件目の被害者の血痕が見つかった。また、彼の実家の倉から日本刀が一振り消えていることも判明した。

これにより事件の全貌がようやく明らかになった。一件目と二件目の犯行は古河瑛太によって起こされたものだったのだ。彼はさらに殺人を重ねるつもりだったが、そこでトラブルが起きた。三番目の標的となった黒松響子に斬撃をかわされ、逆に刀を奪われて刺し殺されてしまったのである。

黒松によって、古河のレインジャケットが現場から持ち去られた理由。それは、返り血が付いた服を隠して自宅に戻るためだった。

黒松はこの事件で、人を斬る快感に目覚めたのだろう、と捜査本部では推測している。彼女は快感を追い求めて、さらに二人を斬り殺した。雨の日を待てず、返り血を浴びるリスクを負いながら、自宅の近くで犯行に及んだ。それほどまでに人殺しの魅力に取りつかれていたのだ。

北上が事件のあらましを思い出している間も、二人はしきりにため息をついている。

「あの」と北上は控えめに呼び掛けた。「確かに犯人の口から真相が語られたわけではないですが、土屋室長の予想や伊達さんのシミュレーションから導かれる結論と、発見された物証に矛盾はありません。落胆する必要はないと思いますが」

先週、北上から事件の説明を聞いた土屋は、レインジャケットが消えていたという事実から、ある仮説を思いついた。それは事件の途中で犯人が替わったのではないか、という説だった。

犯人が二人いる。その可能性を考慮しなかったために、伊達の行ったシミュレーションは失敗したのだ。

そう考えた土屋は、北上たち三人と力を合わせ、その夜のうちに新たな予測を実施した。その結果、年齢や住所、暮らしぶりなど、予想された第二の犯人像は黒松響子のそれと極めてよく一致していた。

結果を受け、土屋は自ら捜査本部に連絡を取り、黒松を徹底的にマークするようにとアドバイスをした。それが事件を解決に導いたのは紛れもない事実だ。

「私も伊達さんも、落ち込んでるわけじゃないよ」と愛美が頬杖を突きながら言う。

「研修はあと一週間ちょいで終わりでしょ。事件の報告書を作らなきゃいけないし、時間的にはもう新しい事件に関わることはないよね。これで終わりだと思うと、なんかこう、気が抜けるっていうか、元気が出なくて」

「四月に立てた目標が達成できた気はしないな」伊達がキーボードから手を離し、背もたれに体を預けた。「科警研へのチケットを掴めるほどの成果は出せなかった」

「私も物足りないです。京大と提携して新たな分析手法の実証実験ができたのはよかったんですけど、それまでの何カ月かはまともに働けてなかったですよね。成長の実感も薄いし、不完全燃焼って気分ですよ」

それぞれに愚痴をこぼし、二人はまた嘆息した。

「北上は、すっきりした顔してるよな」伊達が恨めしそうにこちらに目を向ける。「もう心残りはないんだろうな」

「むしろ逆です」と北上は首を振った。「研修を通じて、僕は自分の至らなさを痛感しました。道警に戻って、また基礎からしっかりやり直さなければという気持ちなんです」

「もう分室に未練はない？」と愛美が上目遣いに訊いてくる。

「うーん、それは……」

北上が曖昧に首を傾げたその時、分室のドアが開き、土屋が顔を覗かせた。

「ちょうどいい、三人とも揃ってたか。ちょっと話があるんだ」

土屋はドアを閉め、自分の机の縁に腰を乗せた。

北上たちは席を立ち、彼の前へと移動した。

「まずは事件の解決おめでとう、と言っておこうか。出雲さんも、君らの活躍を喜んでいたよ。それで、分室の閉鎖の延期を打診された」

土屋の言葉に、北上は息を呑んだ。伊達と愛美も、真剣な表情で土屋を見ていた。

「元々の予定では、君らの研修は半年で打ち切りになり、この分室もなくなることになっていた。しかし、具体的な成果がいくつか得られているので、もう少し存続させたいという話だったよ。……まあ、それは表向きの理由で、本音は俺を犯罪捜査に関わらせたいんだと思うけどな」

そう言って土屋は小さく笑った。

「あの」と愛美が眉根を寄せながら言う。「それで、室長はどうお答えになったんでしょうか」

「うん……。今回、久しぶりに重大事件を手伝って、昔の感覚というのかな、科警研にいた頃のことを思い出した。不謹慎な表現だが、悪い感じはしなかった。これはこれで楽しいぞ、と思った。大学を離れることはさすがに難しいが、分室の室長との兼務を本格化させるのも面白いと考えている。だが、俺は君らと真面目に向き合わずにいた。片手間にちょこちょこと口を挟んだだけだ。そんな俺が、この分室の今後を決めるのはよくないと思う。だから、君らで決めてもらえないか」

土屋はそう語り、北上たちをゆっくりと見回した。

「私は、もう少し研修を続けたいです」と愛美が最初に口を開いた。「今回の事件でようやく、自分のやりたいことができた気がします。最初の一歩を踏み出したところでおしまいというのは、納得できません」

ただし、と言って彼女は続ける。

「もし継続するなら、今度からは室長にもっと積極的に関わっていただきたいです」

「なるほど」と苦笑し、土屋は伊達の方に目を向ける。「君はどうだ」

「自分も同じ気持ちです。ここで自分の技術を磨ければと思います」

「そうすれば、科警研入りが近づくからか？」

「……それは最終目標ではありますが、今はもっと地道に力を付ける時期だろうと思っています。コネを駆使して入所するのではなく、向こうから『入ってください』と請われるくらいの存在になりたいです」

「ここでなら、それが可能だと？」

「ええ、室長に指導をいただけるのであれば」

「二人とも、遠慮なくプレッシャーを掛けてくるな」土屋は笑いながら北上に視線を向けた。「君の意見も聞かせてもらおうか」

北上はしばらく考えてから、「僕は、弱い人間です」と言った。「室長から学ぶことは非常に多いですが、その分、自分との差を感じてしまい、落ち込んだり後ろ向きな気持ちになったりすることもあります」

「それは受け入れがたいと」

「いえ、その弱さを克服したいと感じています。今回、この研修に参加して、初めて自分の殻を一つ壊せたような気がするんです。未熟者であることは承知していますが、できればもう少し、ここにいさせてもらえたらと思います」

うまく言語化できずにいた思いを伝え終えた時、心の中に爽やかな風が吹いた気がした。それは、北の大地の草原を思い出させる、心地のいい風だった。

「分かった」と頷き、土屋は北上たちを見渡した。

「つまり、三人とも分室の継続を望んでいるということだな」

はい、と答える三つの声が偶然重なり合う。土屋は小さく笑い、チノパンのポケットから三枚の封筒を取り出した。

「昨日の夜、出雲さんから手渡されたものだ。中を確認してみてくれ」

差し出された封筒には、研修生のそれぞれの名が書かれていた。

北上は自分のものを受け取り、封を開けて取り出した。中には三つ折りにされた紙が入っていた。

開いてみると、そこには辞令が書かれていた。

〈辞令　北上純也殿　科学警察研究所・本郷分室での研修期間を、二〇一九年三月末まで延長する〉

「君らの職場にはすでに許可を取っているそうだ。つまり、出雲さんはきっちりと根回しを進めていたわけだ。かなり早い段階で、こういう展開を想定していたんだろう」

「そうなんですか。用意周到というか、執念深いというか……」

辞令を見つめながら愛美が呟く。

「本当にしつこいんだ、あの人は」土屋は首を振り、逆側のポケットからＵＳＢメモリを取り出した。「これを君らに渡しておこう」

「何のデータでしょうか」と伊達が尋ねる。

「今年の四月以前に発生した、未解決事件の資料だそうだ。新しい事件を追い掛けつつ、古い事件の鑑定もやってみろ、ってことだろう。事件の選別は君らに任せる。興味深いものが見つかったら連絡をくれるか。全員で検討してみよう」

土屋はそう指示を出すと、軽く手を上げ、「じゃあ、そういうことで」と分室から立ち去ってしまった。

「相変わらずのサプライズ訪問だな」と伊達が呆れ顔で言う。「わざとやってるんじゃないかって気がしてくるよ」

「いいじゃないですか。私たちの願い通りになったわけですし。それより、早く資料を確認してみましょうよ」

愛美は伊達の手からUSBメモリを奪うと、さっさと自分のノートパソコンにそれを差し込んだ。

「手分けしてやろうぜ。たぶん、それなりに時間が掛かるだろ」

「了解です。じゃ、適当に分割して二人にも送りますね」

さっきまでの沈鬱なムードはすっかり吹き飛び、伊達も愛美もあっという間に仕事モードに切り替わっていた。

あと半年で、どんな難解な事件を受け持つことになるのだろう。そして、それを通じて自分はどう変わるだろう。

未来への期待を確かに感じながら、北上は自分の端末を立ち上げた。

本書は書き下ろしです。
この物語はフィクションです。作中に同一の名称があった場合でも、
実在する人物・団体等とは一切関係ありません。

宝島社
文庫

科警研のホームズ
（かけいけんのほーむず）

2018年11月20日　第1刷発行
2022年７月19日　第5刷発行

著　者　喜多喜久
発行人　蓮見清一
発行所　株式会社 宝島社
〒102-8388　東京都千代田区一番町25番地
電話：営業 03(3234)4621／編集 03(3239)0599
https://tkj.jp
印刷・製本　中央精版印刷株式会社

ISBN 978-4-8002-8999-5